中公文庫

広重と女八景

坂岡　真

中央公論新社

目次

本文デザイン　西村弘美
扉画　国立国会図書館デジタルコレクション

広重と女八景

吾嬬杜夜雨

あずまのもり　やう

芒種、端午の節句も過ぎた。

土手沿いの道には、邪気を祓う菖蒲太刀が点々と打ちすてられていた。

——まだか。

日没前から葦簀張りの掛茶屋に陣取り、雨を待っている。

「降りそうで降らねえな」

気軽に声を掛けてきたのは、霍乱の薬を売る定斎屋だ。

銀煙管を美味そうに燻らし、煙草盆を引きよせる。

「空梅雨ってえのも困りもんだぜ」

渋い顔で漏らし、煙草盆の縁にかつんと雁首を叩きつけた。

「降るときに降ってくんねえと、心持ちまで干上がっちまう。おいらみてえな日照り待ちの定斎屋でも憂うんだ。雨待ちの百姓どもにしたら、たまったもんじゃねえや。なにせ飢饉は四年つづき、回向院のお救い小屋に行きゃ、あいかわらず長蛇の列さ。公方さまに食べさせる米も足りねえと、千代田城の賄い方も嘆いているとかいねえとか」

本所の回向院のみならず、欠け茶碗を手にした物乞いならば、そこいらじゅうに溢れている。

昨春、大坂では大塩平八郎という町奉行所の元与力が窮民救済を訴えて暴動を起こした。暴徒を取り締まるべき立場であった元与力が、暴動の先頭に立ったのだ。前代未聞の出来事によって、五十年ものあいだ権力をほしいままにしてきた将軍家斉は隠居を余儀なくされた。

年があらたまっても明るいはなしはなく、卯月には江戸で大火があった。

物乞いのなかには、焼けだされた市井の人々も大勢まじっている。四宿や広小路に設けられたお救い小屋だけでは、到底まかないきれないのが現状だった。

「家もねえし、米もねえ。餓え死にするのを待つしかねえ。明日は我が身さ、くわばら、くわばら。ったく、それにしても、おめえさん、何で雨なんぞを」

待っているのかと聞かれ、おもむろに懐中から矢立と紙を取りだす。

「夜雨を描きたくてね」

「おめえさん、絵師かい」

「そうだよ」

「夜雨ってのは何だい」

「人知れず、夜中に降る雨のことさ」

「ふうん」

構図はきまっていた。

手前には流れの夙い北十間川と高い土手、朽ちかけた福神橋を渡った向こうには朱の剝げた鳥居が立ち、蛇腹のように白々と延びる参道の左右には破れた幟がはためいている。

たった今、目にしている風景そのものだ。

参道の深奥に佇む社殿は大樹にのしかかられ、昼なお暗い吾嬬杜の静謐さを際立たせている。

この杜を選んだのは、喜鶴堂主人の喜兵衛であった。

さすがは数多の名所絵を世に出した版元、雨に似合う風景をよく知っている。

このたびは大盃堂呑桝なる狂歌師とその連による注文なので、摺りあがった錦絵には狂歌が載る。それゆえ、紙の中央に横線を引き、上部の余白を充分にとっておくという制約はあったが、それ以外は喜鶴堂から「すべてお任せします」との御墨付きを貰っていた。

ありがたい。

今までは版元の意向にしたがい、真景を描くことに徹してきた。

真景とは観たままの景色である。売れに売れた東海道五十三次の名所絵も、別の絵師が描いたものをなぞっただけの写し絵にすぎなかった。

図案も色も厳しく指定され、絵師として一片の工夫も許されぬ。

観たままを写しただけの絵など、本心から描きたい絵ではない。

くだらぬ。

と、口にしたわけではなかったが、版元は不満を敏感に察したのだろう。

東海道の名所を描いて以来、木曽街道六十九次を途中で投げだした別の絵師の尻拭いをさせられたほかは、その版元から仕事を受けることもなくなった。

喜鶴堂の主人は、うるさいことを言わない。

八景を描くという主題を除けば、描き方に関して好き放題な裁量を与えてくれた。

得難いことだ。

画料は安くとも、やり甲斐のある仕事だと感じている。

何としてでも、期待にこたえなければならなかった。

そのためにも、いっさいの妥協は許されない。

あとは、雨さえ降ってくれれば。

おもいえがいたとおりの下絵が描けることだろう。

「おめえさん、連理の楠はご存じかい」

　定斎屋は鼻から、紫煙を細長く吐きだした。

　知らぬはずはない。

　広さ八町四方とも言われる鬱蒼とした杜には、日本武尊と弟橘媛の神話にちなんだ楠の枯木が聳えている。

「拝んだのかい」

「ああ」

「背筋がぞくっとしたろう」

　たしかに、霊気のようなものは感じた。

「子捨て場なのさ。夜中に赤ん坊の泣き声がするってんで楠の根元に行ってみると、そこに赤ん坊はいねえ。ところが、泣き声だけは小さく聞こえていやがるんだと。うけけけ」

　赤啄木鳥に似た笑いを聞きつけ、胡麻塩頭の親爺が奥から顔を出した。

　射るような眼光で睨みつけられても、定斎屋は気にも留めない。

「おいらは子を捨てる母親の気持ちがわからねえ。子捨ては鬼のするこった。人のするこっちゃねえ。ちがうかい、絵師さんよ」

「ふん、定斎屋に何がわかる」

　と、親爺が横から半畳を入れた。

定斎屋は雁首をかつんとやり、眸子（まなこ）を怒らせる。

「親爺さん、聞き捨てならねえな。もういっぺん言ってみろい」

「ああ、何遍（なんべん）でも言ってやるよ。さっきから偉そうにごたくをならべていやがるが、おめえなんぞに子を捨てる母親の気持ちがわかるかってんだ」

「あんだと、くそっ」

定斎屋は立ちあがり、床几（しょうぎ）に小銭（こぜに）を抛（ほう）った。

「辛気臭え（しんきくせ）団子屋（だんごや）だぜ。何が、おしどり団子だ。間引き団子とでも名を変えちまえ」

暑気払いの煎（せん）じ薬が詰まった薬箱の環（かん）を、定斎屋はかたかた鳴らしながら去ってゆく。

薬屋が重宝がられるのは、梅雨の去ったあとに訪れる炎天下だ。

「ふん、明後日（あさって）来やがれ」

親爺は悪態をつき、何事もなかったかのように茶を淹（い）れかえてくれた。

「酒にするかね」

「いいや、やめとこう」

「そうかい。ま、ゆっくりしていきな」

親爺はにこりともせず、奥へ引っこんだ。

ほかに客はおらず、訪れる様子もない。

——ごおん、ごおん。

本所横川町の時の鐘が、暮れ六つを報せた。

西の空は赤黒い。

群雲がちぎれるように流れてゆく。

頬を撫でる風は生温く、雨の気配は着実に近づいていた。

土手向こうの参道を行き交う人影は少ない。

杜は閑寂としたものだ。

まるで、時の狭間に置き忘れてしまわれたかのようだと、絵師はおもった。

このあたり一帯はむかし、浮州杜と呼ばれていたらしい。

川に囲まれた州のなかに、鎮守の杜が浮かんでいたのだ。

杜が『浮州』から『吾嬬』に名を変えたのは、後年、日本武尊の神話が付加されたからであった。

日の本平定を志す日本武尊は総の国へおもむく遠征中、浦賀水道で嵐に遭遇した。難儀をさせられたものの、弟橘媛が海に身を投げ、事なきを得た。最愛の妻を失った日本武尊は悲嘆に暮れながらも浮州杜にたどりつき、この地に弟橘媛を祀る神社を築きなおし、吾が妻の意を示す『吾嬬』と命名した。

祠のそばに聳える楠は、日本武尊の捧げた箸が変容を遂げた神木とも伝えられている。仲睦まじい夫婦愛の象徴として、楠には『連理』の二文字が冠された。隅田川に架かる吾妻橋も神社へ通じる参道にほかならず、吾嬬杜の名は関東を東国と呼ぶ由来にもなった。

いまだ、雨は落ちてこない。

絵師は細筆を奔らせていた。

と、そこへ。

娘がひとり、飛びこんできた。

年は十五か六、ここに来る途中、土手で目にした娘だ。

丈の高い草叢に埋もれ、瓜実顔の若い男と乳繰りあっていた。

絵師は土手のうえで足を止め、それとなく聞き耳を立てた。

「だめ、今はだめ」

娘は喘ぐように言い、やんわりと男の腕をほどいた。

「いいじゃないか。こっちの気持ちはわかってんだろう。おまえだって好いてくれてるはずさ。ふたりは相惚れなんだよ」

「相惚れ」

「何を驚いているんだい。そうにきまっててんだろう。なあ、おしゅん、おもわせぶりな態度はおよし」

「堪忍して、若旦那」

「野暮なことを言うもんじゃない」

衣擦れとともに、男がのしかかろうとする。

「だめよ。ねえ、だめ」

娘は帯を解かれまいと、必死に抵抗した。

「やめて。若旦那は好きだけど、もうひとつ信じられない」

「どうしてさ、勘当の身だからかい」

「そうじゃない」

「そうなんだろう。なるほど、今までは放蕩をかさねてきたさ。でもね、おしゅん。おまえと出逢って、おれは人が変わったんだよ。性根を入れかえるからって、双親にも申しいれてきた。泣きの涙で聞いてもらったから、きっともうすぐ、勘当も解いてもらえるはずさ」

「そんなことじゃないのよ」

「なら、何だってんだ」

「若旦那はこのあいだ、わたしのことをどうにかするって言ってくれた。でも、どうにかするってどういうこと、それをはっきり教えてほしいの」

「今ここで、言わなくちゃいけないことかい」

「いいえ、言えるようになったらでいいんです。でも、それがはっきりするまでは」

「抱かれたくないと、そう言うんだね」

「はい」

若旦那は溜息をつき、自嘲しながらことばを搾りだす。

「おしどり団子は甘いけど、看板娘を口説きおとすのは甘くない。わかったよ、きっちり心をきめてくる。それからあらためて、おまえのところへやってこよう。おまえのおとっつぁんにも、許しを請わなきゃならないしね」

「若旦那、ありがとう」

「その若旦那ってのは、やめとくれ。清太郎でいいよ。呼び捨てにおし」

「表通りにお店を構える伊勢屋さんの若旦那を、呼び捨てになんぞできません」

「いいんだって。それにね、今は勘当の身、根無し草の清太郎だよ」

おしゅんは小首をかしげ、小狡そうに微笑んだ。

「うふっ、清太郎ったら」

「お、言った。その調子だ、可愛(かわい)いやつめ」

　額を指で突っつかれ、おしゅんは恥ずかしそうに顔を隠す。

「さ、顔をあげて。ほら」

「はい」

「すぐに逢ってくれるね」

「すぐって、いつ」

「明日はどうだい」

「逢いたいけど、つづけざまに逢ったら、おとっつぁんに怪しまれちまう」

「どうせ、百もお見通しなんだろう」

「でも、今は隠しておきたいんです」

「だったら、明後日は」

「若旦那、つなぎはこちらから取らせて」

「酒屋の小僧をまた、文遣(ふみづか)いに寄こす気かい」

「ご迷惑」

「迷惑なものか。でもね、勘当されてからこの方、この身が厄介(やっかい)になっているのは橘(たちばな)

町の置屋だ。女将さんは悋気の強いお方だから、気取られないようにしないとね」

「はい」

「こっちからは、つなぎを取れないってことか。ま、いいさ、あきらめましたよ。でも、どうあきらめた、あきらめきれぬとあきらめた」

清太郎は鼻歌まじりに一節、戯けたように歌ってみせる。

「なあに、それ」

「巷間で流行の都々逸さ」

「もっと歌って」

「よし。なら、こんなのはどうだ。もらった艶書は数々あれど、もらって嬉しい本気の文は、吾嬬杜の団子屋の看板娘の文だけさ」

「嬉し」

恋に恋した娘がひとり、半可通の若旦那に遊ばれている。

危うい仲だなとおもいつつ、絵師はそっと土手から離れた。

子鹿に似た娘は見世に飛びこみ、元気に声を張りあげた。

「ただいま、おとっつぁん」

まちがいない、おしゅんという娘だ。

色白のもっちりした肌に富士額、艶やかな牡丹や芍薬というよりも、可憐な繡毬花のほうが似つかわしい。

表店の若旦那が入れあげるのもわかる。

気だてもよさそうだし、団子屋に置いておくにはもったいない娘だ。

親爺は奥から顔を出すなり、頭ごなしに怒鳴りつけた。

「今頃帰えってきやがって。いってえ、どこをほっつき歩いていやがった」

「竹町のお寺さんをぐるっと廻ってね、回向院のお救い小屋まで足を延ばしたんだよ。だから、遅くなっちまったのさ」

「お救い小屋だって、嘘をつくな」

「嘘じゃないよ。売れのこったお団子を施しの足しにしろって、おとっつぁんも言ってたじゃないか」

「まあいい。でもな、本多髷のうらなり野郎だけはやめとけ」

おしゅんは、ついと口を尖らせた。

「どうして、どうしてだめなの」

「つべこべ言わず、やめとけ」

「相惚れなんだよ」

「あ、相惚れだと」

親爺はことばを失い、呻くように搾りだす。

「おしゅん、わりいことは言わねえ。相手は伊勢屋の若旦那だろう」

「そうさ」

「身分がちがいすぎる」

「今は勘当の身だよ」

「だったら、なおさら許せねえ。中途半端に遊ばれて捨てられるだけ。泣きをみるのは、おめえなんだぞ」

「いいよ、捨てられても。好きな相手に捨てられりゃ、本望さ」

「あんだと、もういっぺん言ってみろ」

親爺が拳を振りあげると、おしゅんは避けるように奥へ引っこんだ。

どうやら、今日にはじまった諍いではないらしい。

父と娘のあいだには、分厚い壁がそそり立っている。

絵筆を動かしはじめると、店先に人の気配が立った。

「お取り込みちゅうのようだね」

ふたりいる。旅装束（たびしょうぞく）の老夫婦だ。

親爺は相好をくずし、頭を掻（か）いた。

「なあに、てえしたこっちゃありません。さ、どうぞ」

老夫婦は床几に腰を降ろし、こちらに軽くお辞儀をした。

夫が腰から煙管を抜きとり、親爺に向かって笑いかける。

「ご主人、ちょいとものをお尋（たず）ねしますが、連理の楠がある吾嬬杜とはあちらさんのことですかね」

「はい、そうですよ」

「やっぱり」

老夫婦はみつめあい、にっこり微笑んだ。

おしゅんが奥から顔を出し、お茶を運んでくる。

「いらっしゃいませ」

「おや、可愛らしいお嬢さんだ」

老婆のほうが、梅干しをふくんだような口をする。

おしゅんは、嬉しそうに応じた。

「わたしどもは、ここで二十年も団子屋をやっているんですよ」

「二十年も、団子屋を」

「はい。甘くてしょっぱい、おしどり団子と申します。わたしは十六だから、わたしよりも団子のほうが年季を重ねております」

「それはそれは、いただかないわけにはいきませんな。ねえ、ばあさん」

「はい、はい」

「少しお待ちを」

おしゅんは床几にお茶を置き、こちらをみてぎょっとした。

「あ、お客さま、失礼いたしました」

今の今まで、絵師に気づかなかったのだ。

おしゅんと親爺が引っこむと、老いた夫がおもむろに語りだした。

「わたしたちは伊達様のお膝もと、仙台からやってまいりました。しがない櫛職人にございます。ばあさんとは連れ添ってうん十年になりますが、夫婦水入らずで旅に出たこともございません。ふたりでまだ歩けるうちに遠出でもしようとおもいたち、こうして江戸へまいったのでございます。失礼ですが、あなたさまは」

「絵師です」

「それはそれは。して、何を描かれる」

「雨を。いや、吾嬬杜に降る雨を描きたいと」

「なるほど。されど、降りそうで降らぬ、あいかわらずの空模様ですなあ」

おしゅんが、平皿におしどり団子を載せてあらわれた。

「さ、どうぞ」

「なるほど、美味そうだ。やはり、あれですか。連理の楠に因(ちな)んで、おしどり団子と名付けられたか」

「そのとおりですよ」

夫婦は団子をひとくち食べ、にんまり微笑んだ。

「これは美味(おい)しい。土産(みやげ)話がひとつできました。なあ、ばあさんや」

「はい」

「どうか、ごゆるりとなさってくださいね」

おしゅんは盆で胸を隠し、にっこり微笑んでみせる。

夫は茶を吞(の)みながら、静かに語りつづけた。

「とりたてて、他人様(ひとさま)に自慢できるほどのものではござりませぬが、この年まで仲良く過ごせる夫婦は、ほんのひとにぎりにすぎません。夫婦は何よりも最初が肝心(かんじん)、相手にぞっこん惚れこんだ気持ちをいつまでも忘れずにいることに尽(つ)きましょう。わたしらは、かすがいとなるべき子を持たぬゆえ、なおさらでござります」

　おしゅんは、しんみりと聞き入っている。

　ふと、夫は我に返った。

「おや、すっかり暗くなってきた。ばあさんや、そろそろお暇しようか」

「はい、連理の楠を拝んでまいりましょう」

「ふむ、そうしよう。心を込めて拝めば、授かりものがあるかもしれない」

「御神木で櫛をつくることができたら、どれほどありがたいことか」

「そうだな。されど、贅沢は言うまい」

「宮司さまに頼んでみるだけ頼んでみては」

「わかった、おまえの気の済むようにしよう」

　ふたりは掛茶屋を出て、肩を寄せあうように遠ざかっていった。

　朽ちかけた福神橋を渡り、朱の剝げた鳥居を潜り、蛇腹のような参道を奥へ奥へとすすんでゆくのだ。

「あっ、忘れ物」

　おしゅんは床几のうえから、螺鈿の櫛を拾いあげた。

　胸元で櫛を握りしめ、老夫婦の背中を追いかけてゆく。

おしゅんと入れちがいに、安っぽい白粉（おしろい）の匂（にお）いが迷いこんできた。

眼差（まなざ）しをあげると、厚化粧（あつげしょう）の三十路年増（みそじどしま）がいそいそとあらわれた。

親爺が奥から顔を出し、皓（しろ）い歯をのぞかせる。

「おとよかい、待ってたぜ」

「親爺さん、お久しぶり」

「ちょうど、一年だな」

「今年で三度目」

「あいかわらずかい」

「ちゃんと生きてたよ。親爺さんは」

「このとおり、ぴんしゃんしてるぜ。還暦にゃみえねえだろう」

「ほんとうだ。皺（しわ）も白髪（しらが）も、あたしがはじめて厄介になったときと変わりないよ」

「そりゃねえだろう。おめえに初めて逢ったな、十三年もめえのはなしだ」

「もう、そんなになるかねえ」

「昨日のことのようだな」

ふたりは潤（うる）んだ眸子でみつめあい、洟水（はなみず）を啜（すす）りあげる。

「あたしみたいなの、今でも迷いこんでくるのかい」

「ときたまな。おかげで、掛茶屋をたたむわけにもいかねえ」

「たたまないでおくれ、後生だよ。おしどり団子はね、あたしの寄方なんだからさ」

「ふっ、嬉しいことを言ってくれる」

親爺は奥に引っこみ、酒肴を携えてきた。

「あら、そんな贅沢はできませんよ」

「おれのおごりだ、遠慮すんな」

「ありがとう」

「礼なんざ、いらねえさ」

戻りしなに、嬉しそうな親爺と目が合った。

「おっと、そうだ。おとよ、こちらは雨待ちの絵師さんだ」

おとよは上目遣いにみつめ、軽くお辞儀をしてみせる。

いっしょに呑むかと仕種で伝えてきたので、やんわり断った。

おとよは遠慮がちに盃を舐め、空模様を眺める。

「ひと雨きそうだけど」

ひとりごとのようでもあり、語りかけられているようでもある。

「ここからだと、杜は黒い影にしかみえないね。あれを描きなさるの」

返答に戸惑っていると、おとよはくすくす笑った。

「まるで、木に喋(しゃべ)ってるみたい。ご存じかい、連理の楠には言い伝えがあるんだ。根元のうろに赤子を捨てると、かならず良いひとが拾ってくれるってね」

おとよは盃を置き、すっと立ちあがった。

「ちょいと、みせてもらってもいいかい」

「どうぞ」

おとよは左褄(ひだりづま)を取り、滑(すべ)るように近づいてくる。

床几に置かれた紙には、昏(くら)い杜が描かれていた。

「物淋(ものさび)しい絵だね。このうえに、雨を降らせようってのかい」

「ああ」

「降らせたいのは、どんな雨さ」

「土砂降りの雨。地べたに突きささるような」

人知れず降る雨よりも、どうせなら、激しい雨を降らせたくなった。

「そんな雨を描いたら、観るほうの気持ちもずんと沈んじまうよ」

「こいつは下絵だ。摺りあがりには色が付く」

「へえ、どんな色が」

「まずは、川の色」

「川」

　おとよは、外を眺めた。

「真っ黒だよ」

「そいつが藍(あい)になる。杜の背にひろがる水田も藍だ。それだけでも、受けた感じはずいぶん変わる」

「ふうん、そんなものかねえ」

「錦絵ってのは、そういうものだ」

　よほどの目利(めき)きでなければ、下絵だけで善(よ)し悪(あ)しは判断できない。下絵がどれだけ良くても、版木(はんぎ)に彫(ほ)る彫師や、色指しにしたがって色を重ねる摺り師の腕が劣っていれば、他人様(ひとさま)を唸(うな)らせる錦絵はできない。

「どうしても、雨を描かなくちゃいけないのかい」

「ああ」

「何で」

　夜雨という主題を与えられているからだ。

が、あらためて糺されると、それだけではないようにおもう。

この掛茶屋に座り、杜を目にした瞬間から、無性に雨が描きたくなった。

なぜだろう。

ささくれだった気持ちを、洗い流したいからなのか。

「おまえさん、おいくつ」

「四十二だ」

「本厄じゃないか」

「それが、どうかしたかい」

「あたしもね、三十三の本厄なんだよ」

おとよは、自分のことを語りはじめた。

「あたし、上州のお蚕農家で生まれたんだ。間引きされかけたけど、娘だから売れるかもしれないってんで、双親がおもいとどまった。案の定、十四で山女衒に売られ、桶川、上尾、大宮と、中山道の宿場を転々と鞍替えさせられた。それから、板橋宿に腰を落ちつけたんだけど、十八のとき、丈太郎っていうわるい男に騙されたんだ」

稼いだ金をぜんぶ貢がされ、子まで孕まされたあげく、捨てられた。

「口惜しくってね。捨てられたってことよりも、そんな男の子を身籠もってしまったことが口惜しかった。でも、産みたかった。自分とそっくりな赤子を、この手で抱きたかったんだよ」

　迷いに迷ったが、間引きだけはできなかった。

　しかし、産んだはいいが、育てる自信もない。

　悩みぬいたあげく、吾嬬杜へ足を向けたのだ。

「莫迦だったよ。どうして、あんな罰当たりなことをしたんだろう」

　おとよは重い溜息をつき、沈黙しつづける杜をみつめた。

「絵師さんにはわるいけど、今宵だけは雨に降ってほしくない。待ち人が来られなくなっちまうかもしれないからね」

　待ち人がいるのか。

　おとよは、さらりとはなしを変えた。

「おまえさん、お侍だろう」

「むかしはな」

「やっぱり、物腰でわかったよ」

　十五年前に若隠居したが、それまでは幕臣だった。

　定火消同心の家に生まれ、十三で双親と死別した。祖父と幼い妹を養うべく忠勤に励んだが、扶持だけでは暮らしが立たない。家計を助けるために、幼少のころから心得のあった画業に取りくんだ。幕臣でありながら歌川派に弟子入りし、才能を開花させた。二十七で養子に家督を譲ってからも後見役はつづけたが、ほとんど絵筆一本に頼る生活をつづけてきた。

「おまえさん、お金に困っていそうだね」

図星だ。東海道の名所絵で名は売れたものの、けっして楽な暮らしではない。美人画や役者絵とちがって、名所絵の報酬は少なかった。

「わかるかい」

「わかるさ。金に困ると、人間、気持ちもささくれだってくる。目が逆吊り、相手のことをおもいやる余裕なんざ、ひとつもなくなっちまうのさ。でも、おまえさんは平気だよ」

「どうして」

「絵があるじゃないか。絵筆一本で食べていけるってのは、ありがたいことだよ」

描いているのは金のためだけじゃないと言いかけ、絵師はことばを呑みこんだ。恰好つけてもはじまらない。家では女房子どもが待っている。所詮は家族を養うため、金のために描いているのだ。

金のために、じっと雨を待っている。

「降らないねえ。ほんと、おもわせぶりな空だこと」

いったい、誰を待っているのか。

聞いてみたい衝動に駆られた。

「来ないかもしれないねえ」

溜息に誘われ、親爺が奥から顔を出した。

何も言わず、こちらの床几に酒肴を置いてゆく。

絵師は筆を措き、置き注ぎで酒を呑みはじめた。

おとよも、冷たくなった酒を舐める。

「ねえ、親爺さん、今年は来ない気がしないかい」

「さあ、どうかな。ま、来られなくなったにしても、藪入りにゃかならず逢えるんだし、あんまり気に病まねえこった」

「藪入りじゃだめなんだよ、今宵でなくちゃ」

おとよは消えいりそうな声で、淋しげにつぶやく。

そこへ、灯心のような人影がひとつ、迷いこんできた。


若い女だ。

ずいぶん、痩せている。
まるで、幽霊のようだ。
ふらつく足取りですすみ、床几に倒れこむ。
注文をするでもなく、沼の底をみつめるような眼差しをする。
汗でべっとり濡れたうなじのあたりに、後れ毛が貼りついていた。
「いらっしゃい」
親爺が声を掛けると、女はかぼそい声で「お水を」とだけ言った。
親爺は渋い顔で引っこみ、水のはいった湯吞みを携えてくる。
手渡してやると、女は貪るように吞みほした。
礼も言わず、湯吞みを握ったまま俯く。
別の床几に座るおとよは、ちらりとみただけで声を掛けない。
親爺も黙ったまま佇み、それとなく様子を窺っている。
女は両手を震わせはじめた。
手だけではない。顎も小刻みに震えている。
眸子を瞠り、瞬きもせず、じっと土間をみつめているのだ。
底知れぬ闇のなかに置き忘れてきたものを探しているような、みずからの犯した罪に耐えかねているような、断崖の縁に立って飛ぼうか飛ぶまいか迷っているかのような、尋常ならざる眼差しだ。

女は、しくしく泣きだした。

おとよも親爺も、慰めようとしない。

慰めのことばを掛けたところで、空虚に聞こえるだけだ。

「あっ、雨」

おとよが、ふっと尻を持ちあげた。

闇を引っ掻くように、雨が降っている。

「絵師の旦那。おのぞみどおり、土砂降りになるかもしれないよ」

おとよの台詞に、若い女がはっとした。

腰を浮かせるや、脱兎のごとく外に飛びだす。

そして、すぐさま、闇の狭間に消えていった。

親爺は眸子を細め、ぼそっと漏らす。

「行っちまったか」

「そうだね」

「あの女はおとよ、おめえさ。十三年めえのな」

「うん」

「楠の根元へ戻る者もあれば、戻らねえ者もいる。母親が戻らねえときは、一晩中、赤ん坊の声が聞こえてきやがる。でもな、世の中捨てたもんじゃねえ。捨てる神あれば拾う神ありよ」

「そうだね」

親爺の言うとおり、おとよは駆けだした女のすがたに、かつての自分を重ねているようだった。

「他人がとやかく言うこっちゃない。自分のしでかしたことの始末は、自分でつけるしかないのさ」

絵師は筆を奔らせた。

雨は次第に激しさを増し、風も強くなってきた。

おとよの待ち人は、いっこうにあらわれない。

「絵師の旦那、おまえさんの願いはかなったね。でも、わたしの願いはどうやら、かないそうにないよ」

恨めしげに雨をみつめ、おとよは長い睫を瞬く。

目尻に刻まれた皺に、苦労の痕跡がうかがわれた。

「親爺さん、もう戻らなきゃ」

「そうかい。ま、仕方ねえさ」

「うん」

「あとふた月もすりゃ、藪入りだ。すぐに逢える」

「そうだね」

おとよは、重そうに腰を持ちあげた。

と、そのとき。

小さな人影がひとつ、雨粒（あまつぶ）を弾（はじ）いてやってきた。

絵筆を持つ手が止まる。

「あっ」

おとよも親爺も、息を呑んだ。

飛びこんできたのは、十二、三歳の小僧だ。

ずぶ濡れのなりで、必死に叫（さけ）んでみせる。

「おっかさん」

おとよは眸子を潤ませ、掠（かす）れた声を発した。

「丈太郎、来てくれたのかい」

「あたりまえだろ」

「お店を抜けだすの、苦労したろ」

「平気さ」

「こんな雨の晩に、呼びだしてわるかったね」

「なに言ってんだい。おいらは嬉しかった。おっかさんに逢える日を、指折り数えて待ってたんだ」

「丈太郎」

おとよは駆けより、我が子の肩を抱きよせる。

親爺が洟水を啜りながら、そっと教えてくれた。

「今年も、とどこおりなく終わったな」

今日は、おとよが丈太郎を楠の根元に捨て、拾いなおした日なのだ。

おとよは罪を贖いたいがため、この日になるとかならずやってくる。

聞けば今も、本所の岡場所で春をひさいでいるらしい。

そのことを、丈太郎も知っている。

丈太郎という名が、母を捨てた男の名であることも知っている。

母の素姓を隠し、十になった三年前から絹糸問屋に丁稚奉公していた。

住みこみの丁稚は、正月と盆の藪入りしか実家に戻ることが許されない。

丈太郎は番頭や手代に叱られるのを覚悟で、一年目の今日も、二年目の今日も、そして三年目の今日も、こうして母親に逢いにきた。

「子を捨てる母親のまえでは、道がふたつに分かれている」

親爺は、そっとつづけた。

「ひとつは、子を捨てて自分だけが生きながらえる道。もうひとつは、捨てずに共倒れする道。たいていは、このふたつしかねえ」

おとよのように、母子ともども生きながらえた例はめずらしいのだと、親爺は溜息まじりにこぼす。

丈太郎は、自分を拾いなおしてくれた母親に感謝していた。

いちどは捨てようとした母の心情を慮り、ともに罪を背負おうとしているのだ。

だから、どんなことがあろうとも、今宵だけは母親に逢いにくる。

母と子の絆はこの夜を境に、いっそう堅固なものになるのだ。

すべての不幸を洗い流すかのように、雨が降りそそいでいる。

――おぎゃあ、おぎゃあ。

耳に聞こえてくるのは、捨てられた赤子の泣き声であろうか。

ふたたび、絵師は筆を奔らせた。

斜めに降る雨は地べたをほじくり、土手際も参道も田圃も水浸しになった。

おとよと丈太郎は去り、おしゅんが見世に戻ってきた。

ずぶ濡れで震え、手には塗りの櫛を握っている。

親爺が心配そうに声を掛けた。

「どうした、あの夫婦、居なくなっちまったのか」

「追いついたよ、連理の楠を拝んでおられた」

「この雨んなかを」

「蓑笠があるから、案ずることはないって」

「その櫛は」

「戴いちまった」

「でえじなものなんだろう」

「道中のお守りだって」

「なら、お返ししねえと」

「頂戴できないって言ったよ。でも、どうしても貰ってほしいって。幸運を呼ぶ櫛だからって、そう仰るんだ」

櫛を返しあぐねていたら、赤子の泣き声が聞こえてきた。

楠の背後に廻ってみると、大きなうろのなかで、ねんねこにくるまった赤子が両足をうえに突きあげ、懸命に泣いていた。

「これはきっと、天からの授かりものだ。わたしだって、そうおもったさ」

老夫婦は喜々として、豆腐でも掬うように赤ん坊を抱きあげた。

が、どれだけあやしても泣きやまない。

しばらくして、若い女が駆けてきた。

「おっかさんだよ。赤ちゃんを横から奪いとり、ぎゅっと抱きしめた途端、嘘のように泣きやんだ」

やはり、母親に勝るものはないと、老夫婦はえらく感じいった様子だった。

「ひょっとしたら、幸運を呼ぶ櫛を手放したせいかもしれないって、わたしはそうおもった。何だか、申し訳なくってね」

生みの母親に拾いなおされるか、親切な老夫婦に拾われるか。

捨てられた赤子にしてみれば、どっちが幸せかはわからない。

「おとっつぁん、どうおもう」

「さあな。おめえの案ずるこっちゃねえ」

それきり、ふたりの会話は途切れた。

あいかわらず、父と娘は壁を挟んで対峙しているかのようだ。

どうしてだろうなと、絵師は首をかしげた。

ふたりのあいだには、触れてはならぬ秘密がある。

それが何かわかっていながら、おたがいに言いだせない。

秘密にしておく必要もないのにと、おしゅんは割りきっている。

親爺もわかってはいるが、口下手な性分もあって言いだせない。

――おまえは拾い子なのだ。

と、正直に告げるのが恐い。

もどかしいおもいが、父と娘のあいだに壁をつくっている。

絵師は、そんなふうにおもった。


あらかた、絵もできた。

刻限は戌の五つ半。かれこれ、二刻半近くも居座りつづけている。

「長居したな」

絵師はほっと力を抜き、降りしきる雨をみつめた。
唐突に暗闇が揺れ、撥ねを飛ばしながら、人影がひとつ近づいてきた。
予感がはたらいたのか、おしゅんが奥から顔を出す。
と同時に、ずぶ濡れの男が躍りこんできた。
「あっ、若旦那」
清太郎が月代に髷をぺったり貼りつけ、泣きそうな顔で訴えた。
「やっぱし、おめえが忘れられねえ。おしゅん、おれといっしょになってくれ」
一気に喋り、がくっと両膝をつく。
「清太郎さん」
おしゅんは駆けより、寒さに震える肩を抱きしめた。
背後から、岩のような人影がのっそり迫ってゆく。
親爺だ。
絵師は、ごくりと唾を呑みこんだ。
清太郎は気配を察し、怖ず怖ずと顔をあげる。
親爺の顔は、鬼のような形相に変わっていた。
おしゅんは、手にした櫛を胸元でぎゅっと握る。

鬼が喋った。

「清太郎か」

「は、はい」

「おしゅんはな、わしが天から授かった娘だ。不幸にするわけにゃいかねえ」

厳しい口調だった。たとい、自分の首を獲られても、親爺はおしゅんを手放すまい。

清太郎は、雷にでも打たれたように頭を垂れた。

つかのまの静寂を破り、親爺はゆっくりとつづけた。

「ただし、おめえさんが死ぬ気でおしゅんを守ってくれるんなら、話は別だ」

「え」

親爺の顔はいつのまにか、仏の顔に変わっていた。

清太郎もおしゅんも、目をまるくする。

「あ、ありがとうございます……」

清太郎は泣きながら、土下座してみせる。

「……きっと、きっと勘当を解いてもらい、娘さんを迎えにまいります」

決意の籠もった目をしてみせ、清太郎はやおら立ちあがった。

そして、おしゅんに黙ってうなずき、くるりと背を向ける。

尻っ端折りで撥ねを飛ばし、闇の彼方へ消えていった。

かならず、あいつは戻ってくると、絵師はおもった。

突如、親爺の膝が抜けた。

土間にひざまずくすがたは、まるで、天に祈りを捧げているかのようだ。

おしゅんが肩に手を掛け、いたわるように囁いた。

「おとっつぁん、心配しなくていいよ。わたしはずっとずっと、おとっつぁんのそばにいる。誰のところにも行かないから」

「そいつだけは、許さねえ」

親爺は感極まり、おいおい泣きだした。

二十年ものあいだ、同じところに留まってきた。

吹けば飛ぶような掛茶屋を、たたもうとはしなかった。

ここから離れられない理由があったのだ。

絵師は外を翳しみた。

雨はいっそう、勢いを増してゆく。

もはや、天と地の判別もつかない。

吾嬬杜は、漆黒の闇に沈んでいた。

小金井橋夕照

大川は夕照を映しつつ、滔々と流れていた。

浅草から竹屋の渡しを小舟で渡り、三囲稲荷の裏手を抜けて秋葉権現へ向かう。すると、向島のなかでも一流どころとして知られる『大七』という料理屋がある。

貸しきられた二階の大広間、大盃堂呑桝主催の連には、名だたる江戸の商人たちが集まっていた。が、誰ひとり実名を名乗る者はいない。みな、俳号で呼びあい、商いのはなしをする野暮な旦那はいなかった。

「さあさ、今宵は水無月晦日、名越祓えの一句ひねりにござります。喜鶴堂のご主人に絵師の先生もお連れいただいておりますれば、まずは件の八景物、ところ選びなんぞをいたしたいと」

呑桝の発することばに、馬耳東風なる俳号の七つ屋（質屋）が赤ら顔で問う。

「画題はいかに」

「夕照にござります」

「夕照と申せば、北斎の凱風快晴を浮かべてしまう」

「赤富士ですか、あれはいい」

「やはり、富士は欲しいな」

「されど、同じ赤富士というわけにはまいらぬ」

「季節は」

「問いませぬ。水涸れの今なれば何かこう、夕立が去ったあとの爽快さのようなものがあればよろしいかと」

「それなら、涼風を絵にしてはどうか」

「涼風を、はて」

絵にできようか。

連の旦那衆は、興味津々の体で絵師をみる。

風を描くのは、さほど難しいことではない。

木々の枝葉や人の髪、着物の袖や裾、雲の流れや水に映る波紋、それらを使っていくらでも表現できる。

とは知りつつも、絵師は何もこたえず、曖昧な笑みを浮かべた。

「ふふ、やはり、風を絵にするのは難しかろうな」

と、東風が笑う。

「されば、七にちなんだものを絵にしてはいかがであろう。この見世は大七だし、七夕も近い。手前味噌で申し訳ないが、わたしは七つ屋を営んでいる」

「七にちなんだものですか」

みなが考えあぐねていると、豪勢な鯉のあらいが大皿ではこばれてきた。

「おお、きたきた。大七の名物は車海老と活きの良い鯉でしてな。ささ、まずはいただきましょう。そこにある酢味噌でちょちょいと」

画題のはなしは沙汰止みとなり、絵師も版元の喜鶴堂に勧められて舌鼓を打つ。

「美味いな。生臭さが微塵もない。鯛のようだな」

一同は鯉を食い、酒をしたたかに呑み、好き勝手に俳句をひねる。

「本日はひとつ、おもしろい趣向をご用意申しあげました」

呑桝は手を打った。

襖がするする開き、豪華な仕掛けを纏った遊女が登場する。

年は十八、九、化粧は薄い。

顔は小さく、肌理の細かい肌の白さは眩しいほどだ。

根の高い横兵庫を鼈甲の櫛笄で満艦飾に飾りたて、蒲団のような裾を畳に引きずって歩く。

裾模様は紅白の芙蓉であろうか、地の紫に映えている。

遊女は付添の三十路年増に手を引かれ、書院造りの床の間を背にした上座に雛人形のごとく座った。

呑桝は胸を張る。

「こちらに招きましたるは、意気地と張りで売る吉原の花魁、江戸町一丁目は七文字屋の夕風にございます。忘八に無理を申して、今宵一刻だけ大門の外へ連れだしました」

「おお」

歓声があがる。

「せっかくですので、みなさまで夕風の大首絵を描くという趣向はいかがなものでございましょう」

「それはいい」

座敷にやんやの喝采がわきおこる。

夕風はくの字なりにからだをくねらせ、笑いもせずに小首をかしげた。

切れ長の目元に、気性の激しさが垣間見える。

あまりの艶やかさに、絵師は生唾を呑んだ。

即興で大首絵を描けとは寝耳に水のはなしだが、旦那衆に請われれば否とはいえない。

美人画の手法は師の歌川豊広から学び、妖艶な猫背美人の絵で一世を風靡した歌川豊国から多くを盗んだ。絵師自身、八景にちなんだ美人画集を出したこともある。むしろ、名所絵よりも、美人画や役者絵で勝負したいと願ったころもあった。

だが、東海道五十三次を世に出してからというもの、版元からは名所絵の注文しかこなくなった。

それはそれで構わないが、つねのように物足りなさを抱えている。

絵師は懸命に墨を磨りながら、大首絵の絵柄をあれこれ思案した。

人でも景物でも、描くまえに頭のなかで絵柄はできあがっている。

仏師が木のなかに坐す仏像を彫りだす心境にも似て、すでにそこにある絵柄を線でなぞってゆけばいい。

ところが、白い紙に墨を落とした瞬間、すべて消し飛んでしまうときがある。

得てして、そうしたときのほうが、絵のできはよかった。

旦那衆は洒落で描いているので、筆のはこびも軽快そのものだ。

が、さすがにそこは絵師、誰よりも早く、会心の墨絵を一枚描いてみせた。

「ほう」

喜鶴堂が溜息を漏らし、呑桝が手を叩いて賞賛する。

できあがった墨絵がみなに披露され、花魁もちらりと目をくれた。

「それでは、仕掛けの裾模様にちなんで一句」

呑桝が朗々と発した。

一同は筆を措き、襟を正して聞き耳を立てる。

「華やいで夕風香る白木槿」

「お見事。花魁の生きざまを槿花一朝の夢に託されたか。いや、お見事」

さきほどの七つ屋が幇間のように褒めちぎり、周囲を鼻白んだおもいにさせる。

この野暮天めと、絵師もおもった。

「その大首絵、競りに掛けよう」

ふいに、誰かが声をあげる。

「それなら、花魁に色恋譚のひとつも披露してもらわねばなるまい」

「うん、それはいい。はなしがおもしろければ、それだけ画料もあがる」

旦那衆がやつぎばやに応じ、割れんばかりの歓声が沸きおこる。

呑桝だけは、あまり乗り気ではなさそうだ。

相槌商売の花魁に色恋のはなしをさせるなど、それこそ野暮の極みではないか。

そもそも、嘘を商売のネタにする花魁が正直に自分自身のことを語ってくれるとはおもえなかった。

ところが、夕凪は黒目がちの瞳を輝かせ、蕾のような朱唇をひらいた。

「それでは、君恋橋のおはなしをいたしましょう」

発せられた声は文字どおり、籠の鳥の囀りにも似て、このうえなく耳心地の良いものだった。

夕凪がちらりと眼差しを送ったさきには、付添の年増が控えている。

髪はぞんざいな丸髷、化粧っ気はなく、地味な縞の単衣を着ていた。

うつむいているので表情は判然としないものの、愁いをふくんだ物腰が絵師は気になって仕方ない。

夕凪は廓詞を交えず、ためらいがちに語りはじめた。

「わたしがまだ新造だったころ、身請けされた花魁に従いて甲府まで旅をしたことがござりました。花魁を見初めたのは太物を商う甲州屋さんというお大尽、花魁のたってのご希望もあり、楼主さまにご了解をいただいたうえでお供申しあげたのでござります」

およそ三月のあいだ、夕凪は甲州屋で厄介になった。

新造が身請けされた花魁に従いて見世を空けるのはめずらしい。おそらく、身請けの条件にふくまれていたのだろう。

「甲州屋さんには、富治郎（とみじろう）という手代（てだい）がおりました。役者にしても良いほどの色男で、人柄も誠実、わたしは一目惚（ぼ）れしてしまったのです。でも、恋情（おもい）を伝えることなどできやしません。わたしは廓の女、色恋を切り売りしながら生きねばならぬ宿命（さだめ）の女。嘘を誠と偽ることには長（た）けていても、誠の恋情を伝えることには馴（な）れておりませぬ。秘めた恋情は募るばかりで実を結ばず、約束の三月が過ぎようとしておりました」

そんなある日、帳場の金が盗まれるという災難があった。

盗まれたのは十両余りで、下手人は捕まれば死罪となる。

若旦那の目撃談から、富治郎に疑いが掛けられた。

ところが、よくよく調べてみると、下手人は若旦那自身であった。

富治郎の疑いは晴れたが、ふだんから年の近い若旦那に目を掛けてもらっていただけに、店の連中からは「どうして罪をかぶらなかったのか」と責められた。

主人や内儀との痼（しこ）りも生まれ、富治郎は居たたまれなくなって店を辞めた。やがて、地廻りの開帳する賭場（とば）へ出入りするようになり、あげくのはてには喧嘩沙汰（けんかざた）を起こして相手を傷つけた。

「その晩、富治郎は帰るところもなく、甲州屋の裏口に逃げこんでまいりました。わたしは、たまさかそこに居合わせたのです。運命を感じました。あのひとは必死に『おれといっしょに逃げてくれ』と懇願しました。事情も聞かずにうなずくと、わたしの手を握って強引に引きよせ、息が詰まるほど抱きしめてくれたのです」

甲府から江戸までは三十六里、ふたりは暗い甲州街道をひたすら逃げつづけた。

難所の笹子峠を越え、初狩、花咲、大月とたどり、桂川に架かる猿橋に至った。

歩き馴れていない遊女連れ、猿橋にたどりつくまで三日三晩も掛かったが、ただ夢中で逃げたのをおぼえている。

「心中の道行きと同じです。破滅の淵まで逃げてゆきたい気分でした」

猿橋から江戸までは、まだ二十三里と十町もあった。

しかも、ふたつさきの犬目宿までやってきたとき、背後に追っ手の影がちらついた。

「『もう充分だ。いっしょに逃げてくれてありがとう』と、あのひとは言いました。『おれは捕まる。捕まれば遠島は免れまい。嫌がるおまえを、おれが無理に連れだした。そういうことにすれば、おまえが罰せられることはない。江戸へも無事に帰れるだろう。ほんとうに、すまなかった』と、土下座までしてみせられ、いやだ、いやだと、わたしは泣きじゃくりました。どうしても、あのひとと別れたくはなかった」

追っ手が鼻先まで近づいたとき、ふたりは宿場はずれの一里塚へ向かった。

犬目は甲州街道二十一番目の宿、江戸日本橋から数えて二十一里目の塚は、名を恋塚一里塚と称した。

「見上げた夜空には、天の川が横たわっておりました。富治郎は彦星で、わたしは織姫なのだと、胸の裡につぶやきました」

七夕の夜、賤ヶ屋でふたりは結ばれた。

「生まれてはじめて味わった至福のとき、他人様はそれを過ちと申します」

めくるめくような夜は長くつづかない。

明け方になれば、別れが待っていた。

「『おれはきっと帰ってくる。それまで、待ってておくれ』富治郎はそう言い、どこかの風景が描かれた錦絵を、わたしに手渡しました」

江戸土産の古ぼけた錦絵だった。

川の両岸に桜並木が延々とつづき、手前にはなだらかな弧を描く木橋が架かっている。桜はちょうど見頃で、遠景には白銀を戴いた富士が悠然と佇んでいた。

「『手前に架かる橋は、君恋橋と呼ぶそうだ。三年後か五年後か、いつになるかわからない。でもきっと戻ってくる。七夕の晩に、君恋橋で逢おう』と、富治郎に懇願され、わたしは泣きながら、何度もうなずきました。『きっと待ってる。おまえさんのことを、いつまでも待ってる』と、そんなふうに、こたえたような気もいたします」

富治郎は捕まり、八丈島送りとなった。

「もう、五年もまえのおはなしです」

夕風は哀しげに睫を瞬き、かたわらの旦那に盃を差しだした。

「どうか、お酌を。注いでおくんなまし」

乾いた舌を湿らせ、あとは黙りをきめこんでいる。

大七の大広間は、水を打ったように静まりかえった。

旦那衆はみな、夕風のはなしに酔いしれているようだ。

ただ、ひとりだけ、眉に唾をつけた者があった。

件の七つ屋、馬耳東風である。

「五年前、甲州におもむいた新造は、江戸に戻って華やかな蝶になった。大門から一歩も外へ出られぬ籠の蝶なら、七夕の晩に好きな男と邂逅する約束も果たせまい。それと知りつつ約束を交わしたのなら、富治郎という男、大間抜けもいいところではないか」

たしかに、一理ある。年季明けの近い遊女ならまだしも、新造相手に交わす約束とはおもえない。

「どうなんだ、花魁。そいつは作り話なんだろう」

夕風は黙っている。

七つ屋はなおも、執拗に責めたてた。

「ほんとうのはなしなら、君恋橋の描かれた錦絵を携えているはずだ。さあ、そいつをみせておくれ」

「ここにはありんせん」

「その錦絵、誰が描いたのだ」

「落款に、遊とありんした」

「遊、一文字か」

「ええ」

「されば、どこの景物を描いたのであろうな」

「それは」

夕風は押し黙る。

「ほうら、こたえられぬではないか。やはり、作り話なのだろう」

「いいえ、ほんとうのはなしでありんすよ。ただ、わっちのはなしではないというだけ。おまえさま、野暮な詮索はおやめなんし」

やんわりといいなされ、七つ屋はようやく黙った。

すかさず、呑桝が助け船を出す。

「ささ、お遊びは仕舞いにしよう。そろそろ、花魁も退け刻だ」

絵師はさきほどから、息苦しさを感じていた。

夕風の漏らした「遊」という号に覚えがあった。

修業時代、何枚か描いた名所絵のなかに、あまりに拙いので「遊」とだけ捺したものがあった。

もう、二十数年前のはなしだ。

そうしたなかに、小金井堤を描いた絵もふくまれていたような気がする。

橋のそばに建つ柏屋という宿に泊まり、今を盛りに咲きほこる桜並木を描いたのだ。

それが自分の描いた絵であったならば、宿縁を感じざるを得ない。

悲恋話の真偽は別にしても、小金井桜の絵はまちがいなくこの世にある。

やっつけで描いた拙い絵は、太物屋の手代から哀れな女の手に渡ったのだ。

哀れな女。

夕風でないとすると、いったい、誰なのだろう。

少なくとも、夕風のよく知る相手でなければならなかった。

そうでなければ、あれほど人の心を動かす語り聞かせはできまい。

ふと、絵師は付添の年増に目をやった。

絢爛豪華な衣裳の陰に隠れながら、影のように退出してゆく。

このとき、年増が目を真っ赤にさせているのに気づいたのは、絵師ひとりだけだったにちがいない。


数日が過ぎても、君恋橋のはなしはずっと頭にあった。

そうしたおり、件の七つ屋から「訪ねてきてほしい」と、使いが寄こされた。

馬耳東風の本名は「えびす屋五平」といい、下谷燈明寺脇の山伏町に店を構えている。

歩駒の招牌がぶらさがった表口から踏みこんでみると、五平がそわそわした面持ちで待ちかまえており、格子越しに帳場のみえる六畳間へ通された。

五平本人が煎茶を淹れ、とんと湯吞みを置いてくれる。

「さっそくだが、先日のはなし、おぼえておいでかね。あの遊という画号、おまえさんのことだろう」

「え」

「夕風が画号を口にしたとき、おまえさん、顔色を変えなすったろう。見逃さなかったんだよ。何かあるなと勘ばたらきがしてね、ちょいと調べさせてみたのさ。わたしは、気に掛かったことを調べないと気が済まない性分でね。どうなんだい」

「たしかに、若い時分に口を糊するために描いた名所絵だとおもいます」

「やっぱりそうかい。だったら、君恋橋のある風景がどこかも知っていようね」

「それがわたしの絵ならば」

「どこなんだい」

ぎろりと眸子を向けられ、絵師は唇もとを舐めた。

「小金井堤でござります」

「すると、川は玉川上水、橋は小金井橋か」

「いかにも」

絵師は湯呑みに口を付け、温い煎茶をごくりと呑む。

五平は、平手でぱしっと膝を叩いた。

「なあるほど。そう聞けば、絵柄もぴったりだ。桜並木に遠景の富士。おまえさん、そいつを描くのかね」

「え」

「夕照だよ。肝心の景物が決まってなかったろう」

言われてみれば、そうであった。

連ではまだ、何もきまっていない。

「呑桝どのも呑むだろうよ。小金井堤ならば、江戸近郊八景にはうってつけのところだからね。ただ、時季がわるい」

「と、申されますと」

「桜が咲いておらぬだろう」

「あ、なるほど」

小金井桜は関東一の呼び声も高い。

桜のない小金井堤ほど、間の抜けた名所絵もなかろう。

「そこだけだな」

五平は納得したようにうなずき、煙管(キセル)を燻(くゆ)らしはじめた。

紫煙が細長い輪になり、天井(てんじょう)の闇(やみ)に消えてゆく。

「ま、絵のことはさておき。おまえさんを呼びつけたのはほかでもない、夕風の語った悲恋話のことだがね、じつはもうすぐ、行商がひとりやってくる。三月ほどまえから出入りするようになった三つ物売りでね、これは宿縁としか言えぬのだが、その男、富治郎ではあるまいかと疑っているのさ」

質流れの古着を解(ほど)いて売りさばく三つ物売りが、なぜ、富治郎なのだろう。

「男は豊治(とよじ)と名乗ったが、名なぞはいくらでも変えられる。少々、窶(やつ)れてはいるがね、なかなかの色男さ。細面で中高(なかだか)の役者顔といい、三十手前の年恰好(かっこう)といい、風貌(ふうぼう)はぴったりだ。それと、右腕に布を巻いていてね。あれはたぶん、入れ墨を隠すためだろう。島帰りの証拠(あかし)だよ」

「でも、それだけで富治郎とは」

「きめつけられぬか、くふふふ」

五平は、勝ち誇ったように笑う。

「君恋橋って名が漏れたのさ、三つ物売りの口からね」

「ほんとうですか」

「ああ、ほんとうだとも。その橋で誰かと邂逅したいようなことを言っていたが、こっちはわざと深入りしなかった。怪しまれるとおもってね。どうだい、おもしろいはなしだろう」

「ええ、まあ」

「三つ物売りの化けの皮を剝(は)いでやりたいのさ。でも、わたしひとりじゃ心もとない。ひとりより、ふたりのほうが心強いだろう。だから、関(かか)わりのあるおまえさんに足労してもらったというわけさ」

五平は座を外し、絵師はひとりぽつねんと待たされた。

約束の刻限を過ぎても、三ツ物売りはあらわれない。

五平は部屋に戻り、出涸らしの煎茶を淹れた。

「そうそう、肝心なことを忘れていた。呑桝さんから聞いたはなしだが、織姫の正体がわかったよ。ほら、夕風に従いてきた地味な年増があったろう。どうやら、あの年増が織姫らしい」

やはり、そうであったかと、絵師は合点した。

「お針だとさ。吉原の花魁を相手に縫子の商いをやっているそうだ。驚くなかれ、名はおしちといってね、七にちなんだ名なのさ。三十路年増にみえるが、年はまだ二十六らしい」

どうしても、おしちの顔がおもいだせない。

浮かんでくるのは満艦飾の櫛笄に豪華な芙蓉の裾模様。やはり、花魁のほうに目を奪われていたのだ。

五平はつづけた。

「お大尽の甲州屋が花魁を身請けしたってはなし、どうやらあれはほんとうだった。ただし、そいつは五年前ではなく、七年前のはなしだ」

「七年前」

身請けされた花魁の源氏名は、夕霧といった。

おしちは夕霧に請われ、身のまわりの世話役として甲州に向かったらしい。

「ふふ、おしちが旅先で手代と恋に落ちたかどうかはわからぬ。本人たちに聞かねば、真相は藪の中さ。わたしはね、どうにかして真相を聞きだしてやりたいんだよ」

他人の恋路を詮索し、囲い妾にでも面白可笑しく聞かせてやる腹だろうか。

七つ屋のすけべ心が垣間見え、絵師は嫌な気分になった。

「それにしても、遅いな」

五平の溜息が聞こえたわけでもなかろうに、この日、三つ物売りの豊治はあらわれなかった。


三伏の猛暑は峠を越えたが、茹だるような油照りの日々はつづいている。

絵師はおしちを訪ねてみようとおもった。

七つ屋に頼まれたわけではない。面倒なこととは知りつつも、自分から動こうという気になった。

もし、富治郎が島から帰っているのなら、七夕にはかならず小金井堤の「君恋橋」を訪ねるはずだ。おそらくは、七夕に邂逅することだけを心の支えに、生きながらえてきたにちがいない。

一方、おしちはどうか。

来るのか、来ないのか。

少しばかり心配だった。

七年という歳月（としつき）は長い。

待つ身にとっては、あまりにも長すぎる。

富治郎が島から戻ってくるとはかぎらないのだ。

恋塚一里塚の賤ヶ屋で誓った一夜の約束。それだけを支えにしながら、女ひとりで生きぬくことができようか。

恋情を寄せる男がほかに出てきたら、なびかないとは言いきれない。

たとい、別の男になびいたとしても、おしちを責めることはできまい。

絵師は五分五分のおもいを抱えつつ、吉原の大門へつづく日本堤までやってきた。

めざすところは土手下の田町二丁目、露地裏の一隅に、うらぶれた九尺店（くしゃくだな）がある。

住人は吉原で小商いをする貧乏人ばかりで、家主（いえぬし）の屋号から弁天長屋と呼ばれていた。

木戸番小屋の脇には、大輪の向日葵（ひまわり）が仲良く並んで咲いている。

絵師は木戸を抜け、悪臭のひどいどぶ板を踏みつけた。

ずんずん奥まで進み、ふと、足を止める。

みつけた。

おしちだ。

額に汗を滲ませ、井戸端で洗濯をしている。

座敷にあがったときとは、おもむきがちがう。

「あ」

絵師はもう少しで、声をあげそうになった。

「二剃刀か」

眉がない。

おしちは、眉を青々と剃っていた。

そのことにはじめて気づかされ、絵師は呆然と立ちつくした。

「おっかさん」

稲荷の祠のほうから、六つか七つの洟垂れが飛んできた。

洗濯板を使うおしちの背中に抱きつき、すぐに離れて釣瓶のそばにゆく。

「こら、井戸を覗いたらいけないよ」

「はあい」

どこにでもあるような母と子のすがたが、絵師には残酷なものにみえた。

「七年か」

ほっと、溜息が漏れる。

やはり、待つ身にとって七年は長すぎた。

おしちは、別の男と所帯を持ったにちがいない。

富治郎が知れば、さぞかし、がっかりすることだろう。

ひょっとしたら、もう知ってしまったのかもしれない。

約束の七夕まで待てず、おしちの居所を探りあて、そっと様子を窺いにきたのではなかろうか。

あり得ないことではない。

幸せそうな母と子のすがたを、こんなふうに遠くから見つけてしまったのではあるまいか。

絵師は、咽喉の渇きをおぼえた。

七年前の思い出と決別した女が約束の地を訪れるはずはない。

それでもあきらめきれず、富治郎は「君恋橋」にやってくるのだろうか。

「五分五分だな」

と、絵師はおもった。

鬱々とした気分で佇んでいると、おもいがけない名が耳に転がりこんできた。

「富吉、富吉、井戸を覗いたらいけないよ。何度言ったらわかるんだい。落っこちたら、たいへんなことになるんだよ。ほら、あっちへお行き」

おしちの声だ。

叱られたのは、さきほどの洟垂れだった。

「富吉、富吉」

と、絵師は呪文のように繰りかえす。

富治郎の名から一字を取って付けた名だ。

年恰好から推せば、富治郎とのあいだにできた子であってもおかしくはない。

ぽっと、胸に希望の灯がともった。

七夕の晩、ふたりは恋塚一里塚の賤ヶ屋で結ばれた。

そして、おしちは子を孕んだ。

そうだ。きっと、そうにちがいない。

本人に確かめればわかることだが、絵師はおもいとどまった。

ふたりの邂逅に水を差すような気がしたのだ。

「ちょいと、おまえさん」

後ろから、薄汚い嬶ァに声を掛けられた。

怪訝な顔をすると、前歯の欠けた口で笑う。

「うひひ、おまえさんもかい」

「え」

「お針だよ。用があんだろう。三月ほどまえにも、優男が訪ねてきたんだ。おまえさんより、十は若かったねえ」

「その男、名は」

「知らないよう、そんなの。あそこの木戸脇から、じっとお針を窺っていたのさ。近づいて声を掛けたら、何にも言わずに行っちまった」

「何も言わずに」

「ああ。蒼褪めた顔でさ、背中がしょんぼりしていたねえ」

「男前だったかい」

「そりゃもう、役者にしてもいい顔さ」

富治郎だなと、絵師は察した。

「あたしゃ辻占の成れの果てでねえ。こうみえても、顔相をやるんだよ。優男の顔にゃ死相が浮かんでいた。ははん、お針と事情ありなんだって、ぴんときたよ」

「その男のこと、お針に教えてやったのかい」

「教えてなんぞやるもんか。一銭にもなりゃしないじゃないか。ふふ、おまえさんも吉運を占ってあげようか。十六文払ってくれたら、何だってわかるよ」

「いいや、けっこうだ」

「ちっ、しけてやがる」

嬶ァは舌打ちをかまし、穴蔵のような部屋に消えた。

やはり、富治郎は弁天長屋を訪れたのだ。

そして、井戸端に母子をみつけ、黙って踵を返した。

事情も知らず、月日の長さを恨んだにちがいない。

誤解を解かねばならぬと、絵師はおもった。


七夕の前日になった。

絵師は富治郎の行方を追っている。

どうしても、おしちのことを伝えたい。

差し出がましいのは、よくわかっている。

が、縁結びの絵を描いたのは自分なのだ。

その絵に「つつみにて君恋橋の花盛り、いとめでたき風物ならん」などと、戯れた賛を付けた。

なぜ、橋名を「君恋橋」と付けたのか。

誰かに教わったような気もするが、おもいだせない。

遥かむかしのはなしだ。

ともあれ、おもわせぶりな賛のせいで、富治郎は絵を捨てられずにいたのだろう。

江戸土産の安価な錦絵は、富治郎からおしちの手に渡り、金では買えない価値を与えられた。

数奇な運命をたどった絵のことをおもえば、なおさら放ってはおけない。

何としてでも、富治郎をみつけださねばならなかった。

富吉という子があることを、どうにかして伝えてやりたい。

おしちは今も健気に待ちつづけていることを知ってほしい。

頼む、あきらめずにいてくれ。

他人のために、こんなふうに必死になるのは、生まれてはじめてのことだ。

絵師は浅草周辺の損料屋や質屋を片端から訪ねあるき、足取りもつかめぬまま、下谷山伏町のえびす屋へ戻ってきた。

「お、絵師さんかい。おまえさんを捜していたんだよ」

五平によれば、柳原土手の古着屋で、富治郎を見掛けた者があったらしい。

「昨日のはなしだ。古着屋は布袋屋といってねえ、和泉橋を渡ったあたりにある。訪ねてみるといい」

さっそく、絵師は下谷の裏道を抜けて神田川に向かった。

川に沿って十町におよぶ土手際には、葦簀張りの古着屋や古道具屋が軒を並べている。

七つ屋に言われたとおり、和泉橋を渡ると、すぐ脇に信楽焼の「布袋さま」を置いた店があった。

古着屋の主人は粗末な小屋と同様、泥棒髭を生やした風采のあがらぬ男だ。

「色男の三つ物売りかい。ああ、そんな野郎もいたっけなあ。ありゃ、島帰えりさ。約束を交わした女に裏切られたらしい。へへ、よくあるはなしさ。今どき、帰えってくるあてもねえ男を待ちつづける女なんざいねえ。いたらな、そいつはめっけもんだよ。普賢菩薩にちげえねえ。でも、いるわけがねえさ。お天道様が西から出るようなはなしだかんな」

さしずめ、おしちは普賢菩薩であろう。

絵師は顎を突きだし、男の行方を聞いた。

「そういや、さっきそのあたりで喧嘩があってな、三つ物売りが刺されたらしい。ひょっとしたら、おめえさんの捜してる男かもしれねえぜ。運のなさそうな面あしてたかんな。くく、せっかく島から帰えってこられたってのに、娑婆で刺されて死んだら目も当てられねえや。ま、運のねえやつの一生なんざ、そんなもんさ。気になるんなら、筋違橋の番屋で確かめてみるんだな」

絵師は店を飛びだし、川端を矢のように走った。

別人であってくれ、頼む。

心ノ臓を押しつぶされそうになりながらも、走りに走り、八辻が原を突っきって番屋に駆けこむ。

莚のうえに寝かされていたのは、富治郎とは似ても似つかぬ老人であった。

ほっとした拍子に、がくんと膝が抜けおちた。

番屋の三和土にひざまずくと、人相のわるい岡っ引きにたしなめられた。

「ふん、じたばたしても、ほとけは生き返えらねえぞ。こいつはな、真っ正直に生きてきた不器用な男だった。女房も子もいねえ。天涯孤独さ。人に騙され、盗みの罪を押しつけられてなあ、誰ひとり信用できなくなったのよ。そっからさきは、おきまりのはなしだ。

酒に溺れ、博打に手を出し、すってんてんになって首まで吊ろうとした」

聞きもしないのに、岡っ引きは喋りつづける。

少しばかり、酒がはいっているらしい。

屍骸とふたりにさせられ、話し相手が欲しかったのだろう。

「でもな、人間てのは悲しい生き物だぜ。死にてえとおもっても、言うほど容易くは死ねねえ。生きてりゃ、少しは楽しいことがあるんじゃねえかってな、死に際になると未練がむっくり顔を出すのさ。この野郎は改心してな、金輪際、死のうなんて気は起こしやせんと、そう、約束してくれた。七夕の笹に吊す短冊にも『他人様の役に立ちてえ』とな、殊勝なことを書くつもりでいやがった。ちくしょうめ、そんなやさきに刺されちめえやがったんだ」

老いた三つ物売りは喧嘩を止めにはいって巻きこまれ、脇腹を深々と剔られてしまったらしい。

「『自分は誰かの役に立ったのか』と、いまわのきわに何度も聞いたんだってよ。哀れな野郎だぜ」

絵師は酒を勧められたが、断って番屋から逃げだした。

わけもなく、涙が溢れてくる。

――他人様の役に立ちてえ。

そう願った三つ物売りの無力さが、自分のことのようにおもえて仕方ない。

見も知らぬ男女の邂逅をとりもつべく、じたばたしている自分が滑稽だった。

物事はなるようにしかならない。

おしちと富治郎に縁があれば、邂逅はかなうだろう。

縁がなければ、新しい出逢いをみつけるしかない。

どっちにしろ、じたばたしてもはじまらないのだ。

その晩は一睡もできなかった。

明け方、絵師は眠い目を擦りながら、旅支度をととのえた。

小金井という地名は、武蔵七井のひとつで黄金井なる名水に由来するという。

山桜の植樹は今から約百年前、玉川上水の両岸、東西一里半に渡って千本もの苗木が植えられた。

今では関東屈指の桜の名所。小金井桜の見事さは他の追随を許さぬほどだ。

川を挟んで枝を伸ばす桜花は雪と見紛うばかりで、遠く川面に浮かぶ富士と合わせた景観はまさに、絶景と呼ぶにふさわしい。春先、桜を愛でた遊山客は、小金井橋のそばにある柏屋に泊まり、翌日は国分寺の古刹などを訪ね、多摩川まで足を延ばして年魚に舌鼓を打つ。

江戸からは七里余り、小金井へは清戸道をたどってゆく。

午後になって達すると、景色がむかしとちがってみえた。

「はて」

土手のそばには柏屋があり、宿の隣には葦簀張りの茶屋もちゃんと残っている。

表口脇の棒杭に繋がれた鹿毛は脛を舐め、馬子は暇そうに煙管を燻らしていた。

尻を端折った鯔背な飛脚が土手道を走り、茶屋にしつらえた縁台では老人たちが将棋をさしている。

空は蒼い。

遥かむかしに桜並木を描いたときと同様、眼前には平穏な風景がひろがっていた。

ところが、何かがちがう。

「う」

絵師は気づいた。

橋がない。

「鉄砲水で流されたのさ」

渡しの船頭らしき老爺が笑った。

「半月前のことだ。波銭一枚払ってくれりゃ、向こう岸に渡してやるよ」

「いいや、けっこう」

「ちっ、しぶちんめ」

船頭は離れてゆく。

絵師は呆然と佇んだ。

悪夢としか言いようがない。

小金井橋は流されてしまった。

「もし、どうかなされたか」

葦簀張りの茶屋から、腰の曲がった老婆が喋りかけてきた。

「おや、おまえさんはあんときの」

遥かむかしのことなのに、老婆は絵師のことをはっきりとおぼえていた。

「おまえさん、桜を描きながら泣いておったなあ」

「え、わたしが」

「そうじゃよ。桜があんまり綺麗だから、泣けて泣けてしょうがない。おまえさんはそう言いながら、絵筆を動かしておったわい。おぼえておらぬのか」

「ええ、まったく」

「昨日のことのようじゃわい。ずいぶん、ご立派になられて」

絵師は土手に顎をしゃくる。

「あの……橋は」

「君恋橋かね。ご覧のとおり、流されてしもうた」

絵師は、はっとした。

老婆の口から「君恋橋」という名が漏れたことに驚いたのだ。

「その名は」

「わしが付けたんじゃよ」

二十数年前、行方知れずになった夫をおもって名付けたのだという。

「死ぬまで逢えぬかもしれん。だから、君恋橋と付けたのじゃよ」

かつて春爛漫の風景を描いたとき、同じはなしを聞いたような気もする。

「待つことにも疲れてしもうたわい」

老婆は、ほっと肩を落とす。

「おまえさんともうひとり、君恋橋の由来を教えてやったおなごがおる。年に一度、彦星と織姫が出逢う七夕の夕暮れになると、かならずやってくる母子があってな。夜更けまでここに居座り、天の川を眺めながら帰ってゆくのじゃ」

おしちだ。まちがいない。

絵師は身を乗りだしたが、老婆は気にもとめない。

「おなごの目をみて、すぐにわかったさ。君恋橋で逢おうと約束した誰かを待っているのじゃろうとな」

おしちは老婆に「どうしても、あのひとの言ったことばが忘れられない」と告げた。

「『待っててくれ、きっとだぞ』とな、相手の男は哀しげな瞳で力強く言ってくれたそうじゃ」

「もしや、母親の名はおしちでは」

「さあ、知らぬ。詳しい事情を聞くのは野暮というものじゃ。ただ、おなごは色褪せた錦絵をみせてくれた。小金井桜を描いた拙い絵でな、そこに描かれた橋を指して『君恋橋と呼ぶのですよねえ』と、涙目で聞いてくる。わしが名付けの理由を教えてやると、満足げに礼を言い、幼子といつまでも天の川をみつめておった。あの母子、今年も来てくれるといいが。何せ、橋が無くなっちまったのは、この七年ではじめてのことじゃからのう」

かならず来ると、絵師はおもった。

案じられるのは、富治郎のほうだ。

来てほしいという願いを込め、絵師は矢立を取りだした。

「描くのかね。橋が無くとも」

「かまわぬさ」

絵師の頭には、川に架かった「君恋橋」がくっきり浮かんでいる。浮かんだままのものを、線で結んでやればよいだけのはなしだ。

「わしにはすぐにわかった。あの絵は、おまえさんの描いた絵さ」

老婆は、自慢げに胸を張った。

二十数年ぶりに描いた橋が邂逅の架け橋になればよいのにと、絵師はおもった。


空は一転して掻き曇り、あたりは夕暮れのようになった。

「ひと雨くるよ」

老婆が嬉しそうに漏らす。

その途端、ざっと夕立が降ってきた。

目を凝らさずとも、雨脚はくっきりみえる。

——ひひいん。

棒杭に繋がれた鹿毛が鳴いた。

文字どおり、車軸を流すような雨になった。
馬子も旅人も柏屋に隠れ、往来から人影は消えた。
と、そこへ。
ずぶ濡れの男が泥撥ね（どろば）を飛ばし、小走りにやってきた。
行商風の痩（や）せた男で、笠（かさ）もかぶらずにいる。
「富治郎か」
みたこともないのに、絵師には合点できた。
富治郎は情けない面（つら）で、土手へやってくる。
ちょうど、小金井橋の架かっていたあたりだ。
富治郎は立ちつくし、その場にくずおれてしまった。
「おやおや」
老婆もみつけたようだ。
絵師は、床几（しょうぎ）から腰を浮かせかけた。
富治郎は川に向かって、何事かを叫（さけ）んでいる。
おしちの名であろうか。
慟哭（どうこく）は雨音に掻き消されていった。

やがて、叫ぶのにも疲れたのか、富治郎は襤褸切れのようにうずくまってしまった。

夕立は嘘のようにあがり、密雲の切れ間から夕陽が射しこんでくる。

柏屋に逃げこんでいたひとびとが、浮かれたように躍りだしてきた。

絵師もつられて、ふらりと外に出た。

すると。

幼子を連れた丸髷の女が、木下闇からひょっこりあらわれた。

「おしち」

絵師はつぶやいた。

おしちは柏屋のまえで立ちどまり、じっと土手のほうをみつめている。

潤んだ眼差しのさきには、恋い焦がれる男が佇んでいた。

「あ、ああ」

富治郎はことばにならぬ呻きを漏らし、足を縺れさせた。

どうにか踏みとどまり、一歩ずつ嚙みしめるように歩みだす。

世間から受けた理不尽の数々、過酷すぎる八丈島での暮らし、すべてがこの瞬間に洗い流されてゆくようだった。

長い空白を埋めるように、ふたりはゆっくりと近づいていった。

そして、どちらからともなく、両腕を差しだし、引きよせあい、たがいのからだをひっしと抱きしめた。

「あ、虹だ」

後ろで富吉が叫んだ。

「おっかさん、ほら」

振りあおげば、玉川上水に七色の虹が架かっている。

「わあ、ははは、虹、虹」

富吉は兎のように跳ねまわり、母親の背に飛びついてゆく。

おしちと富治郎は小指をからめ、眩しげに虹を振りあおいだ。

「あり得ぬことじゃ」

かたわらで、老婆が吐きすてた。

絵師の頭には、夕照に包まれた小金井橋がくっきりと浮かんでいる。

「いっそ、花を咲かせちまえ」

老婆は、こともなげに囁いた。

羽根田落雁（はねだらくがん）

夏の暑さもやわらぐ処暑、庭には紅い芙蓉が咲きはじめた。

文月二十五日は天満宮の祭日、絵師は朝から小石川の牛天神へおもむき、筆塚にて筆供養をおこなった。定火消同心の役目を退き、絵筆一本で生活を立てるようになってからは、それが毎月の習慣となっている。

言い伝えによれば、牛天神は源頼朝によって創建されたという。東国追討のおり、頼朝の夢枕に菅原道真が牛に乗ってあらわれ、ほどもなくふたつの吉事が訪れるだろうと告げた。目を醒ますと、牛のかたちをした巨石が横たわっており、さらに数日後、夢告げのとおりに嗣子が生まれ、怨敵の平家は滅亡に導かれた。ふたつの望みがかなったことへの返礼に、道真を祀る社殿が建立されたのだ。

社殿の建つ小高い丘から見下ろせば、滔々と流れる神田上水をのぞむことができる。川は東に隣接する広大な水戸藩邸の泉水に注ぎこみ、藩邸の外に出てからは無数に枝分かれしながら、人々の暮らしを潤す貴重な上水となる。

北西に目を移せば、九段構えの安藤坂が伝通院の高みへと通じ、北方には飛鳥山の翠がうっすらとみえる。一方、南に目を向ければ、千代田城の威容が迫り、遥か西方には朝日を浴びて燦然と輝く富士の霊峰があった。

すばらしい景観に出逢うと、じっくり味わう暇もなく、すぐさま写しとりたい衝動に駆られる。

「やめておこう」

絵師は失笑し、矢立を懐中に仕舞った。

牛天神の社に描くべき景色は見当たらない。

版元に与えられた画題は「落雁」であった。

「やれやれ」

絵師は溜息をつき、裏門へ通じる石段を下りた。

裏門を抜ければ、北側に牛坂と称する急坂がある。坂下の道端には、頼朝公縁の牛石が鎮座していた。

なるほど、臥した牛にみえなくもない。

開基にまつわる石に触れるのも、毎月おこなう験担ぎだ。

この日はしかし、いつもと様子がちがっていた。

絵師は胸騒ぎを感じながら、牛石に近づいていった。

野次馬どもがさきほどから、何やら騒ぎたてている。

「狂うた、狂うた。紅屋のおしげが狂うたぞ」

高みを振りあおげば、帯の解けた着物を道中合羽のように靡かせた町娘が急坂を駆けくだってくるところだ。

髪は島田のくずれ髪、靡かせた着物は裾に紅白の芙蓉をあしらった上等な代物、薄紅色の襦袢から覗く太腿は透けるように白い。坂道で何度も転んだせいか、左右の膝小僧は擦りむけ、真っ赤な血が筋となって流れている。

年は十八、九、どう眺めても裕福な商家の娘だが、般若の形相で菜切り包丁を振りあげ、牛坂を駆けくだってくる。

たしかに、狂ったとしかおもえない。

「惣介や、惣介や、あな恨めしや」

と叫びながら、包丁で空を切っている。

「うひぇ」

情けない声のするほうに目をやると、牛石の陰に若旦那風の優男が隠れていた。

惣介だなと、絵師は察した。

「惣介や、惣介や……」

おしげは、物の怪のような口調で男の名を連呼する。

ところが、めざすさきには、女がひとり立っていた。

高下駄を履いた背の高い年増だ。

年のころなら二十代のなかば、貝髷に横櫛を一本挿しただけの恰好だが、婀娜な女の色気を振りまいている。

細長い台箱を提げているところから推すと、女髪結いであろうか。

人垣を築いた野次馬の側からは、鼻筋の通った右顔しかみえない。

牛石を背に抱え、右顔だけを衆目に晒し、仁王立ちしているのだ。

その威風に勢いを殺がれたのか、おしげは一歩手前で立ちどまった。

「うおのれ」

菜切り包丁の柄を両手で握り、胸のまえで高く構えなおす。

そして、毒を吐いた。

「このどろぼう猫、よくも、わたしの許嫁を寝盗ってくれたねえ」

「ふん」

女髪結いは、鼻を鳴らす。

「寝盗られたのが、そんなに口惜しいのかい」

「ああ、口惜しいさ」

「熱くなっているあんたに何を言っても通用しないだろうけど、これは何かのまちがいだよ。あたしゃ、若旦那と寝てなんぞいない。寝たいともおもわないしねえ」

「嘘(うそ)吐きの女狐(めぎつね)め、命乞(ご)いしようたって、そうはいかないよ」

「命乞いなんざ、さらさらする気はないさ。どうしてもやるってんなら、逃げも隠れもしないよ。あたしはおゆう、撫(な)でつけ百文のしがない廻り髪結いだけど、世間様に恥じるような生き方はしてきちゃいない。腕一本、度胸ひとつで生きてきたんだ。ほら、やるんなら、ここを刺してみな」

　おゆうと名乗る女髪結いは、ぐいっと胸を張る。

「ただしね、あたしを刺せば、あんたも無事じゃ済まないよ。牢屋敷の土壇(どだん)で首を落とされるか、小塚原(こづかっぱら)で磔(はりつけ)にされるか、どっちかだろうさ。そうされてもいいって覚悟ができてるんなら、あたしを刺してみな。いいかい、ためらうんじゃないよ」

　おゆうは啖呵(たんか)を切り、ふいに、隠れていた左の頬(ほお)を晒してみせる。

「う」

　仰(の)けぞったのは、紅屋の娘だけではない。

　野次馬どもはみな、固唾(かたず)を呑(の)んだ。

おゆうの左頬には、鬢（びん）の生え際から口端にかけて、三寸ほどはあろうかという長い刃物傷が引かれていたのだ。

絵師は、目を釘付（くぎづ）けにされた。

生々しいはずの傷痕（きずあと）が、美しいとさえ感じられた。

「どけどけ、何の騒ぎじゃ」

やがて、重苦しい沈黙は破られた。

裏門のほうから、黒羽織（くろばおり）の役人がやってきたのだ。

おゆうはすかさず身をひるがえし、おしげを背中に庇（かば）った。

袂（たもと）で巧みに菜切り包丁を隠し、鋭い目つきの役人に対峙（たいじ）する。

「どうした、何があった」

おゆうは厳しい問いかけにも、平然と応じてみせる。

「何もありゃしませんよ。この娘が巾着切（きんちゃっきり）に遭（あ）いましてね、泣きながら牛坂を駆けおりてきたんです」

「巾着切か」

「ええ」

「何か盗（と）られたのか」

「小遣(こづか)いを少しだそうですよ」

「まことか」

役人はおしげを睨(にら)み、野次馬どもを眺めわたす。

誰ひとり目を合わせようとせず、余計な口を挟もうともしない。

「ふん、巾着切のやつ、疾(と)うに逃げおおせただろうさ」

役人はぺっと唾(つば)を吐き、女たちに背を向けた。

この機を逃すまいと、惣介がこそこそ逃げだす。

おゆうは鼻白んだ顔で見送り、おしげに囁(ささや)いた。

「あんな男、捨てちまいなよ」

しおらしくうなずいたおしげの手から、菜切り包丁が転げおちる。

刹那(せつな)、野次馬どものあいだから、やんやの喝采(かっさい)がわきおこった。


道端に黄色い女郎花(おみなえし)が揺れている。

秋風は草の葉に結んだ露を転がし、弄(もてあそ)びつつ、野面(のづら)を吹きぬけてゆく。

暦(こよみ)は白露に替わり、鱗(うろこ)雲が空を覆(おお)いつくすようになった。

絵師はどうしても、おゆうという女髪結いのことが忘れられない。

絵にしてみたかった。

刃物傷のある横顔を、舐めるように描いてみたくなったのだ。

妖しげな傷の裏には、いったい、どのような事情が隠されているのか。

知りたいとおもったら矢も盾もたまらなくなり、牛天神の門前に店を構えた梅鉢園を訪ねてみることにきめた。

梅鉢園は老舗の筆墨屋、主人は惣右衛門という。

二年前につれあいを亡くし、落ちこんでいたころ、ちょっとした縁で親しくなった。

牛天神に詣でるときは必ず立ちよるのだが、先月だけは遠慮した。

ほかでもない、牛石の陰で見掛けた惣介こそ、梅鉢園の惣領だった。

おゆうとの関わりともども、聞けるものなら事の顛末を聞いてみたい。

逸る気持ちを抑えつつ、広々とした店を訪ねてみると、主人の惣右衛門は帳場に座り、欠伸を噛みころしながら大福帳をみつめていた。

「こんにちは」

声を掛けても、すぐには顔をあげない。

やはり、不肖な息子のことで思い悩んでいるのだろうか。

「ごぶさたでしたね、筆屋のご主人」

絵師は上がり端に腰掛け、もういちど近くから声を掛けた。

惣右衛門はようやく顔をあげ、弱々しく微笑んでみせる。

「あ、いらっしゃい」

「新しい筆をひとつ、みつくろっていただけませぬか」

「はいはい」

惣右衛門は腰をあげかけ、おもいなおしたように手をたたく。

利発そうな丁稚小僧が顔を出し、主人に茶の支度を命じられた。

いつもの習慣だ。品物を選ぶまえは、茶飲み話に花を咲かせる。

「おとりこみちゅうでは」

「いいえ、いっこうに構いませんよ」

干菓子とともに、緑茶が運ばれてきた。

ふたりはひとくちずつ啜り、どちらからともなく溜息をつく。

「ご主人、何やらお悩みのご様子ですね」

「わかりますか」

「ええ、以前より目尻の皺も増えたような」

「還暦をひとつ越えましたからな。そういうあなたさまも、目のしたに隈をつくっておれる」

「本厄ゆえか、気苦労が多ございまして」

「なるほど。それにしても、世間とは冷たいものです」

「どうなされた」

「お聞きいただけますかね」

「わたしでよろしければ」

「それでは」

惣右衛門は茶で舌を湿らせ、訥々と経緯を喋りはじめた。

おもったとおり、悩みとは惣介のことだ。

牛石での一件以来、惣介は男を下げ、ひいてはそれが梅鉢園の評判にまで悪影響をおよぼしていた。

「筆屋の倅はいつまでたっても、ちゃらっぽこな半人前。親が甘やかしてきたからだと、世間は申します。仕舞いには、二股掛けの筆なぞ買ったら罰が当たると、吹聴する者まで出てくる始末で。無論、紅屋の娘との縁談は流れました。結納金も熨斗を付けて突っ返されましてね。いやはや、みっともないはなしで」

「なるほど、そうでしたか」

じつは、あの修羅場に立ちあったのだと、絵師は正直に告げた。

「それならば、はなしも早い。おゆうという女髪結いがおりましたでしょう。巷間では、女髪結いとの抜きさしならぬ仲がもつれ、それが原因で破談になったように言われておりますが、阿呆たれの息子に糺すと、どうやらそうではないらしい」

「ほう」

「女髪結いとのあいだで何があったというわけではないのです。女の左頬をご覧になられましたか」

「はい、みました」

「じつは、あの刃物傷がくせものでして」

「と、申されると」

絵師はおもわず、膝を乗りだす。

「惣介は刃物傷にまつわる裏事情がどうしても知りたくなり、あの女髪結いを湯島の水茶屋に呼んだのだそうです」

連れだって外へ出てきたところを、運悪く、紅屋の娘の知りあいにみつけられた。

「ただ、それだけのことだそうで」

あらぬ誤解が破談に繋がったのだと、惣右衛門は言いたげだった。

「おゆうという女、岡場所を転々と渡りあるく廻り髪結いだそうです」

そもそも、惣介とおゆうとの出逢いは三月ほどまえに遡(さかのぼ)る。場所は深川(ふかがわ)の表櫓(おもてやぐら)にある茶屋であったという。

「馴染(なじ)みの芸妓(げいぎ)が蒲団(ふとん)部屋で髪を結ってもらうというので、あの阿呆たれめ、いたずら半分に覗(のぞ)いてみたのだそうです。そこからの付きあいらしいのだが、どうして、あんな女に惹(ひ)かれちまったのか、手前にはいっこうにわからぬ」

「つかぬことをお聞きしますが、ご主人はおゆうをご覧になったことがおありで」

「いいえ、ありませんよ」

だからであろう。おゆうを目にして、何にも感じない男などおるまい。

惣右衛門の口振りから推すと、惣介はおゆうに特別な感情を抱(いだ)いているようだった。褥(しとね)をともにしていないだけで、強く惹かれているのはまず、まちがいのないところだ。

「あの女、音羽(おとわ)や湯島根津(ねづ)のあたりにも、上客を持っているのだとか。惣介の阿呆がなにゆえ、頬に刃物傷のある女に惹かれたのか、手前には皆目わかりません」

絵師は温(ぬる)くなった茶を啜(すす)り、胸にわだかまった問いを吐きだした。

「刃物傷にまつわる裏事情とは、何でしょうな。惣介どのは何か仰(おっしゃ)いましたか」

「さあて、詳しいことは」

「そうですか」

肩を落とすと、惣右衛門は天井に目を向けた。

「されど、そのあたりの事情をよく知る者がおるらしい」

「ほほう」

絵師は気づかれぬように、乾いた唇もとを舐めた。

「ご主人、その人物とは」

「伝兵衛とか申す摺り師だそうです」

「摺り師」

「ばれんで紙を擦る職人ですよ。絵師のあなたさまとも関わりは深い」

「そうですね」

「高輪車町の権蔵店に行けば、逢えるそうです。なれど、そんなことを聞いてどうなされる」

「別に」

短い沈黙が溜息に替わり、惣右衛門は膝を叩いた。

「さて、そろそろ新しい筆でもみつくろいますかな」

「お願いいたします」

絵師は大小の筆を選びながら、伝兵衛という名を反芻した。

道端の女郎花はことごとく、強風に吹きとばされた。

颱風一過の蒸し暑い日、絵師は大縄手の松並木を抜け、高輪へ足を向けた。

伝兵衛という摺り師に逢うためだ。

版元にそれとなく素姓を探ってもらったところ、酒で人生を棒に振った男がひとり浮かびあがった。

以前は腕の良い摺り師だったが、今はまったく仕事をしていない。絵の世界から閉めだされたのだと聞き、絵師は裏事情を聞きだす策をおもいついた。

秋の潮風は、一抹の郷愁をはこんでくる。

高輪の車町は、かつて牛町と称した。

牛車を曳く連中が集まっていた町だったらしい。

権蔵店はうらぶれた九尺店で、木戸の向こうへ一歩踏みこんだ途端、どぶ臭い臭気がただよってきた。

伝兵衛の住まいからも、饐えた臭いがしている。

所帯じみた様子は微塵も感じられず、蛆のわくような独り暮らしであろうことは容易に察せられた。

「ごめん、失礼する」

敷居をまたぐと、ひび割れた壁にもたれかかった男が濁(にご)った眸子(まなこ)を向けてきた。

五分月代(さかやき)に髭面(ひげづら)、年は三十のなかば、頬の痩(こ)けた顔色のわるい男だ。

「伝兵衛さんかね」

呼びかけても、反応はない。

どうやら、喋るのも億劫(おっくう)らしい。

眠そうな目で草を食(は)む牛、牛天神の牛石を連想させる。

絵師はあらかじめ用意してきた五合徳利(どっくり)を差しだした。

「ほら、手土産(てみやげ)だよ」

徳利を板間に置くと、伝兵衛は突きでたのどぼとけを上下させた。

「おめえさん、誰だね」

掠(かす)れた声には、わずかな媚(こ)びが混じっている。

「絵師さ。あんた、摺り師なんだろう」

「そいつはむかしのはなしだ。今はやってねえ」

「腕が落ちたのかい」

「やってやれねえこともねえさ。からだに染みついた技ってえのは、糠袋で擦って落ちる垢とはちがう。容易く消えるもんじゃねえ」

「それなら、ひとつ仕事を頼むかな」

絵師は微笑み、上がり框に腰を降ろす。

伝兵衛は涎を啜りあげ、膝で擦りよってきた。

「その酒、呑んでもいいのかい」

「いいよ。そのかわり、聞きたいことがある。おゆうという女髪結いのことだ」

「おゆう」

苦しげに漏らしたきり、伝兵衛は口を噤んだ。

やはり、この男とのあいだに、何らかの事情があったのだ。

絵師は薄汚れた欠け茶碗を拾い、酒を注いでやった。

「まあ、呑みなさい」

「うおっと、すまねえ」

伝兵衛は茶碗に口をもってゆき、覚悟を決めたかのごとく一気に呑みほした。

「六年前のはなしだ。おれには女房と幼ねえ子があった。毎晩、酒を喰ってはいたが、まだあのころは酒に溺れちゃいなかった。錦絵の大作を摺る仕事もそこそこやっちゃいたが、何しろ宵越しの金は持たねえもんでな、女房はいつも泣いていたっけ」

　そうしたおり、仕事で出向いた深川の置屋で、伝兵衛はおゆうと出逢った。

「向こうは十九、こっちは二十五、ふたりともまだ若かった」

　目と目が合った途端、恋に落ち、そのときから三日にあげず、逢瀬を重ねるようになった。

「狂ったような関わりが、夏のはじめから秋の終わりまでつづいた。そうして、忘れもしねえ、彼岸過ぎのあの日、おゆうはでえじなはなしがあるからと、おれを羽根田村まで呼びつけた」

「羽根田村」

「ああ。あいつの生まれた木更津湊の寂れた漁師村の景色に似ているそうだ。雁が竿になって夕焼け空に飛ぶところを観てえと、あいつはいつも嬉しそうに言ってたっけ。その日だけは嫌な予感がしたのさ。何せ、いつもと様子がちがってた。切羽詰まった顔をしてやがったからな」

　案の定、修羅場が待っていた。

「あいつは砂浜を裸足で歩き、冷てえ波に踝まで浸かりながら、自分の誠をみせてやると叫んだ」

伝兵衛は押し黙り、じっと眸子を閉じた。

すぐさま、眸子を見開き、唇もとを震わせる。

「あいつは、商売道具の剃刀を取りだした。そいつを鬢の生え際に突きたて、ためらいもせずに切りさげやがった」

ぱっくりひらいた傷口から、夥しい鮮血が滴りおちた。

「あいつは何の代償も求めず、ただ、自分の誠を伝えたい一心で顔を傷つけたんだ。ところがおれは……おれは、女房と子どもを捨てるのが恐かった」

伝兵衛は臆病風に吹かれて、別の道に踏みだすことを躊躇った。

その日以来、おゆうとはただのいちども逢っていないという。

「人並みの暮らしを壊したくはなかった。あんときはな、情に流されず、地道に生きようとおもったのさ。そんな自分が、今となってみりゃ、ちゃんちゃら可笑しいぜ」

おゆうのことが忘れられず、伝兵衛は浴びるほど酒を呑んだ。

酒に溺れ、腑抜けになり、仕舞いには女房にも愛想を尽かされた。

「おれは、おゆうとヨリを戻してえと願った。都合のいいはなしさ。でも、そいつができたらどんなにいいかって」

ヨリを戻したい一念から、四年前に一度だけ大仕事をやり、稼いだ手間賃を注ぎこんで櫛を買いもとめた。

「待っててくれ」

伝兵衛はやおら立ちあがり、蜘蛛(くも)の巣が張った神棚をがさごそ探しはじめた。

「ほら、こいつだ」

手渡されてみると、ずしりと重い。

高価そうな柘植(つげ)の櫛だった。

「おめえさん、おゆうに逢うんなら頼まれてくれねえか。この櫛を手渡してほしいんだ」

「手渡すだけなら構わぬが、拒まれたときはどうする」

「捨ててくれたらいい。それならそれで、あきらめもつく」

「承知した」

気がすすまないながらも、絵師は手渡された櫛を懐中に仕舞った。

「すまねえ、恩に着る」

伝兵衛は、板間に土下座までしてみせる。

絵師は顔を背けながらも、ためしに問いかけた。

「ところで、四年前にやった大仕事とは何だい」

伝兵衛はついと顔をあげ、凛々(りり)しい声を発した。

「近江八景、堅田落雁」

なに。

絵師は、胸の裡で唸った。

まちがいない、四年前にこの手で描いた錦絵の連作だ。

伝兵衛は絵師の動揺に気づかず、眸子を細めてみせる。

「忘れもしねえ。版元はぼかしの技を欲しがってた。しかも、おゆうの好きな雁の絵だ。おれは土下座までして、その仕事をやらせてもらった」

因縁だな。

絵師は、沈黙せざるを得なかった。

数日後、葉月待宵。

「放し鳥、鳥はいらぬかえ」

鳥売りの声が辻向こうに遠ざかり、祭りの喧噪が近づいてきた。

この日は深川の富岡八幡祭、今年は五年ぶりの豊作とのことで、祭りも例年にない盛りあがりをみせている。

絵師は混みあう永代橋を避け、小舟を使って大川を渡り、深川を東西に縦走する油堀を漕ぎすすんだ。

永代寺の裏堀を通りぬけ、永居橋の落合を右手に曲がる。

そして、三十三間堂の裏手にあたる入船町で陸にあがった。

向かったさきは『海老丸』なる女郎の置屋である。

深川では女郎を「子ども」と呼び、女郎の置屋を「子ども屋」と呼ぶ。『海老丸』は仲町の茶屋に芸妓も兼ねた子どもたちを送るほどの老舗で、ここに廻り髪結いのおゆうが出入りしているとのはなしだった。

黒板塀の狭間に、小粋な格子戸が口をあけている。

「こんばんは」

勇気を出して踏みこむと、四十年増のでっぷり肥えた女将が流し目をくれた。

膝に抱いた三毛猫ののどを撫でながら、朱羅宇の煙管を吹かしている。

絵師は柄にもなく、愛想笑いを浮かべた。

「女将さんですか」

「ええ、何でしょう」

「つかぬことを伺いますが、こちらに、おゆうという髪結いがよく顔を出すそうで」

「おゆうちゃんなら、よく存じておりますよ。それが何か」

「じつは、ある御仁から、櫛を預かってまいりまして」

絵師はそう言い、懐中から柘植の櫛を取りだす。

「こちらです」

女将は軽く笑った。

「あらあら、髪結いが商売道具を忘れるとはね。あの娘も存外に、そそっかしいところがある」

「いいえ、女将さん、ちがうのです。これは髪結いが使う道具ではなく、贈り物なのですよ」

「え、贈り物、殿方からの」

驚いた女将の膝から、三毛猫がさっといなくなった。

女将は煙草盆を引きよせ、火口(はぐち)を縁にかつんと叩きつける。

「いったい、どなたでしょうね。近頃、おゆうは浮いたはなしを、とんとしてくれませんのでね。それとほら、見掛けがあれでしょう」

女将はずんぐりした指で、頬にすっと線を引く。

「刃物傷ですか」

「そうそう。殿方はあれを気味悪がって、容易に寄りつかないとおもっていたけれど、どうやら、そうでもなさそうだね」

「ええ」

「お相手は、妻子持ちとか」

「ほう。どうして、そうおもわれるのです」

「ずいぶんむかしのはなしだけれど、あの娘が惚れるのはたいてい、妻子持ちのなよなよした男でねえ。だめな男をみていると、放っておけなくなるんですよ、あの娘は」

「なるほど」

「別に感心していただくようなはなしでもないけれど、いつぞやも、腑抜けた戯作者に惚れちまってね。そいつがあんまり優柔不断なものだから、あの娘、きっぱり別れてやると啖呵を切り、外に飛びだしてから人知れず大泣きしていたんだそうですよ。そうかとおもえば、ともに道行きまで誓った大根役者とひとつ屋根の下で暮らしはじめた途端、三日で醒めちまったこともあったようで。恋を貫いていっしょになっても、幸福になるとはかぎらないってことですよ、うふふ」

　女将は辻講釈師のように喋りつづけ、擦りよってきた猫に煮干しを与えた。

「でも、櫛を贈ろうだなんて、そんな殊勝な殿方はおぼえがないねえ。ご存じだとはおもいますけど、櫛のくは苦労のく、しはしんどいのし、櫛を贈るってのは所帯をもちたい男の真心をしめす手管なんですよ。そんな真心のある男は、わたしの知るなかにはただのひとりもいなかった。どっちにしろ、その櫛をわたしが預かるわけにはいきませんよ。ご自身で手渡されたらいかがです」

「手渡すにしても、どこに行けばよいのやら」

「なあに、心配にはおよびませんよ。じつはね、この御髪もさっき、あの娘に結ってもらったんだ。おおかた、祭禮と書かれた大幟のそばで、神輿見物でもしているはずさ」

今宵は、深川の辰巳芸者たちが揃いの衣裳で華やかに踊るのだという。

絵師は丁寧に礼を告げ、その足で門前仲町の大路へ向かった。

門前仲町から一の鳥居にかけては、寸尺の余地もないほどの人で埋まっている。

神輿を担ぐ者に踊る者、木遣りを歌いながら練りあるく者、それらを眺める大勢の見物人。そうしたなかでも、艶やかに手古舞を踊る辰巳芸者の一群は際立っていた。

髪を若衆髷に結い、長襦袢を片肌脱ぎにして型抜き染めの上着を羽織り、荒っぽい担ぎっぷりで知られる神輿を先導しながら、一糸乱れぬ踊りを披露している。

絵師は人の波を掻きわけ、踊りの一群に迫った。

大路の左右に軒を並べた茶屋からは、おひねりが飛び交っている。

巨大な一の鳥居の脇にも、篆書(てんしょ)で「祭禮」と大書された大幟が立ててあった。

深川の町々が競うように、こうした大幟を翳(かざ)すのだ。

幟は強風にはためき、人々の歓呼を包みこんでゆく。

手古舞を踊る一群のなかに、絵師はおゆうをみつけていた。

白い顔のなかで、長い刃物傷が躍っている。

まぎれもなく、おゆうであった。

芸者たちのなかにあっても、艶やかさは群を抜いており、衆目を集めてやまない。

なぜであろうか。

伝兵衛によれば、頬の傷は好いた男に誠をしめすべく、自身で付けた傷だった。

それは堅固な意志のあらわれであると同時に、生涯消えぬ呪縛(じゅばく)となる傷であったにちがいない。

ところが、その傷ゆえに、おゆうは誰よりも艶(つや)めいて美しい。

呪縛を易々(やすやす)と乗りこえ、大空に羽ばたく鳥のようにわが世の春を謳歌(おうか)しているのだ。

気づいてみれば、絵師は人垣の前面に圧(お)しだされ、櫛を握った手を振っていた。

「おうい、おうい」

叫び声はすぐさま、祭りの喧噪(けんそう)に呑みこまれてゆく。

そのとき。
おゆうが一瞬だけ、顔をこちらに向けたような気がした。
目と目が合った途端、にっこり笑ってくれたのだ。
「おゆう、おゆうよ」
空には、宵の月が皓々と輝いている。
絵師は夢見心地になりながら、必死に櫛を振りつづけた。

中秋。
この日は、鳥や魚を空や川に放って功徳とする放生会でもある。
絵師は鳥や亀を放つ人々を描くべく、本所の万年橋にやってきた。
朝霧が晴れたばかりの刻限だが、ひとの出はかなり多い。
みずからも亀を求めようと、橋のそばの小屋に向かう。
少しばかり行ったところで、絵師ははたと足を止めた。
「おゆうか」
遠くからでも、すぐにわかった。
痩せて背の高い男といっしょに、亀を求めているのだ。

紐にぶらさがった亀を買ってもらい、子どものようにはしゃいでいる。

絵師は、舌打ちをしたくなった。

おゆうは男と親しげに腕を組み、弾むように土手を下りてゆく。

汀に屈んで亀を放し、亀が水底に沈んでゆく様子を、男の肩に頭をもたせながら、いつまでもみつめていた。

その夜、空は分厚い雨雲に覆われ、名月をのぞむことはできなかった。

三方盆に飾られた柿や栗や芋、枝豆や葡萄も何やら淋しそうだ。

絵師は燗酒を嗜み、うたた寝をしながら恐ろしい夢をみた。

どこかの海老床で、おゆうに月代を剃ってもらっている。

「あたしゃ惚れちまったら、後先がみえなくなっちまうんです。厄介な性分のせいで、他人様に迷惑を掛けてまいりました。だから、金輪際、殿方には惚れないようにしているんですよ」

喋っているのは、おゆうであろうか。

場面は変わり、うらぶれた水辺の風景があらわれた。

干潟の彼方をのぞめば、古びた浮御堂がみえる。

湖面か。

だとすれば、四年前に訪れた琵琶湖かもしれない。

堅田の落雁なのか。

ふと、磯の香がただよってきた。

海だな。

干潟の向こうに蒼々と広がる水面が海ならば、ここはおそらく、羽根田村の浜辺にちがいない。

彼岸過ぎの暮れなずむ夕焼け空に、雁が竿になって飛んでいる。

その光景を、おゆうは食い入るようにみつめていた。

左の頬には、生々しい傷痕が見受けられる。

美しいなと、絵師はおもった。

刃物傷のある横顔を写しとるべく、必死に矢立を探した。

「あたしゃ撫でつけ百文の廻り髪結い、腕一本で世の中を渡ってきた」

歌うような声が、耳に聞こえてくる。

まちがいない、おゆうの声だ。

「どうしようもなく淋しいとき、あたしゃいつも羽根田村にやってくる」

なぜなら、ここは思い出の場所だからと、おゆうは言った。

「雁が竿になって飛ぶところをみるのが好きなんです」
振りむいたおゆうの顔には、満面の笑みが張りついていた。
笑いながら、涙をぽろぽろ零(こぼ)しているのだ。
おゆうは裸足で浜辺を駆け、踝まで波に浸かった。
波の冷たさが、絵師にも伝わってくるようだった。
突如、ひんやりとした感触が脇腹に走った。
あたりを見まわしても、おゆうはどこにもいない。
絵師の脇腹には深々と、菜切り包丁が刺さっていた。
——ぽん。
唐突に、何かが音を起(た)てて弾けた。
——ぽん、ぽん、ぽん。
庭の片隅で、芙蓉の実が弾けているのだ。
夢から醒めてみると、全身、汗でびっしょり濡れていた。
褥(しとね)から起きあがり、吸いよせられるように縁側へ向かう。
群雲(むらくも)の切れ間から、満月が顔を覗かせた。

葉月二十五日、夕刻。

絵師はひと月ぶりに、牛天神へやってきた。

境内の隅には、手燭を提げた人々が彷徨っている。

咲いたばかりの萩を愛でにきたのだろう。

絵師は筆供養を済ませると、すだく虫の音を聞きながら、裏門へとつづく石段を下りていった。

下りながら、何かの凶兆を感じていたのだが、それは十日前にみた不吉な夢と関わりがあるのかもしれなかった。

おゆうのことが、一刻たりとも頭から離れない。

伝兵衛に託された柘植の櫛も、肌身離さずに携えていた。

石段を下りきるころには落日となり、牛坂を行き交う人々の輪郭もおぼつかなくなった。

絵師は牛石に触れるべく、静かに近づいていった。

異変に気づいたのは、石に触れようとしたときのことだ。

「う……うう」

女の呻き声が、小さく聞こえた。

牛石の裏に廻ってみると、頬に傷のある女がうずくまっている。

「お、おゆうか」

名を口にすると、女は顔をもちあげた。

おゆうだ。

額に玉の汗を滲(にじ)ませ、苦悶(くもん)の表情を浮かべている。

布の断たれた脇腹を、血だらけの手で押さえていた。

「刺されたのか」

「は、はい」

「恐がらずともよい」

おゆうの手をそっと持ちあげ、傷口を調べてみる。

さいわい、深手ではなかった。

絵師は道端を探り、蓬(よもぎ)の葉を集めてきた。

腰の竹筒を取り、水を注いで傷口を洗う。

「うっ」

おゆうは痛がったが、歯を食いしばって怺(こら)えた。

絵師は蓬の葉を揉(も)んで傷口にあてがい、手拭(てぬぐ)いを裂いて腹を縛った。

これで少しは楽になるだろう。

「安心せよ、傷は浅い。すぐに血も止まる」

「ご、ご親切に……あ、ありがとうございます」

「気にいたすな」

「でも、どうして、わたしの名を」

おゆうは、小首をかしげてみせる。

「ひと月前、わしはここにおった。紅屋の娘が菜切り包丁を振りまわし、黒羽織の役人が駆けつけてきたが、おぬしはたじろぎもせず、あの場を見事におさめた。喝采を送った野次馬のなかに、わしも紛れておったのだ」

「さようでしたか」

おゆうは肩の力を抜き、ほっと溜息を吐く。

「これも何かの縁、気にすることはない。それより、誰に刺されたのだ」

「あのとき、ここにおられたのなら、あなたさまもご存じのお方です」

「ん」

ぽっと浮かんだのは、惣介の情けない瓜実顔(うりざねがお)だ。

「まさか、筆屋の御曹司(おんぞうし)か」

「さようでございます。でも、このことはどうか、ご内密に」

おゆうは片手で拝むように、懇願してみせる。

仕方なく、絵師は頷いた。

「なぜ、御曹司を庇う」

「わたしのせいで、あのお方は恥を掻いてしまわれました」

「おぬしのせいで」

するとやはり、ふたりは深い仲になっていたのだろうか。

「いいえ。世間で噂(うわさ)されているような間柄ではございませぬ」

茶屋で顔を合わせれば軽口を言いあうほどの他愛ない仲で、おゆうとしては惣介を弟のように感じていたという。

「でも、ひと月前のことがあって以来、逢わないように心懸けておりました」

一方、惣介はちがった。悶々(もんもん)とした気持ちを抑えきれず、おゆうを牛石のところまで呼びつけた。勝手にひとりでおもいつめ、道行きをはかろうとして、しくじったのだ。

「わたしを刺し、ご自身も死ぬつもりだったのでしょう。でもほら、あれ」

おゆうが指差したさきに、血のついた菜切り包丁が転がっていた。

「わたしの脇腹にあれを刺したまま、逃げちまったんですよ」

自分も死ぬ気で、おゆうを刺してはみたものの、いざとなったら、死ぬのが恐ろしくなって逃げだした。情けない顚末であった。

「御曹司らしいな」

絵師は苦笑しながらも、万年橋で見掛けた男のことを思いだしていた。

ひょっとしたら、惣介も男の影に勘づき、悋気を抱いたのかもしれぬ。

嫉妬の炎に駆られたすえの凶行だとすれば、少しは同情の余地もある。

絵師はおもいきって、男の素姓を聞いてみた。

おゆうは途端に笑いだし、笑いすぎて腹の傷を痛がった。

「あれは、木更津の兄さんです」

稼業は壺振りで、渡り鳥のように全国津々浦々を渡りあるいているらしい。

放生会の一日だけ、妹と再会するために江戸へ立ちよったのだ。

「三年ぶりでした。つぎに逢えるのは、いつになることやら」

「そうだったのか」

「ほら、左頰の刃物傷、あたしって醜いでしょ。だから、殿方は恐がって誰も相手にしてくれないんですよ」

「それは、おもいすごしだ」

「え、どうして」

媚びたような目で覗かれ、絵師はたじろいだ。

「おぬしを、心底からおもっている者もいる」

「え、どこに。誰なんです、そのお方は」

絵師は懐中から、柘植の櫛を取りだした。

伝兵衛から託された経緯を、手短に告げてやる。

おゆうは黙って聞き終え、重い口をひらいた。

「今は無理。その櫛を頂戴するわけにはまいりません」

「なぜ」

「だって急に言われても、どうしたらいいのか、わからないんです」

「今が無理なら、いつならよいのだ」

「三日ください」

間髪を容れず、おゆうは応(こた)えた。

「三日後、羽根田村の砂浜でお待ちいただけませんか」

「羽根田村」

「はい。どうしようもなく淋しいとき、いつもそこに行くんです」

雁が竿になって飛ぶところを、おゆうは眺めていたいのだ。

「悲しいときにはかならず、羽根田に行くんです。あそこは思い出の場所だから」

夢で聞いたのと同じような台詞（せりふ）だとおもった。

「あのひとのことは、一日たりとも忘れたことはありません。でも、わたし、行かないかもしれない」

「え、どうして」

「雁のなかには、帰れない雁もいるもの」

すでに暗くなりすぎて、おゆうの表情はわからない。

絵師はただ、黙っているよりほかになかった。


三日後。

絵師は干潟をのぞむ漁師村の一隅に立っていた。

羽根田村は東海道の大縄手をすすみ、罪人の首が晒された鈴ケ森（すずがもり）を越えてゆく。川崎（かわさき）宿（しゅく）とのあいだに流れる六郷川（ろくごうがわ）の手前にあった。

蒼々とした海を背にしつつ、洲（す）の崎（さき）には要島（かなめじま）弁天の社殿がみえる。

こんな景色を探していたのだと、絵師はおもった。

一心不乱に筆を走らせ、飯を食うのも忘れた。そうやって待ちつづけ、白波の打ち寄せる浜辺を彷徨(さまよ)った。

おゆうは、来ないかもしれない。

いや、きっと来ないだろう。

そんな気がした。

――雁のなかには、帰れない雁もいるもの。

という台詞が、頭のなかを駆けめぐっていた。

懸命に描いた絵には、肝心(かんじん)な何かが足りない。

「雁か」

彼岸過ぎに渡来し、春先になると北へ帰ってゆく。

湖沼(こしょう)や干潟に群生し、数羽ずつが竿や鉤(かぎ)になって飛び、夜は水面で眠る。

雁が一斉に舞いおりてくるさまを、落雁というのだ。

版元に課された画題であった。

夕刻にならねば、雁はやってこない。

絵師は裸足になり、踝まで波に浸かってみた。

海の水は、想像していたよりも遥かに冷たく、じっとしていると、からだの芯まで凍りついてしまいそうだった。

そして、夕暮れがやってきた。

遠くのほうから、櫓(ろ)を押すような音が聞こえてくる。

「雁(かり)が音(ね)」

雁の一群が竿となり、鉤となって舞いおりてきた。

絵師は空を仰ぎ、祈りを捧(ささ)げる者のように頭を垂れた。

愛しい女から見限られた男に、同情しているわけではない。

ただ、この浜辺でおゆうと再会できぬことが悲しかった。

暗くなるまえに、ここを去らねばなるまい。

絵師は裸足のまま、ゆっくり歩きはじめた。

黒い帷子(かたびら)を纏(まと)った砂浜には、点々と足跡が残されてゆく。

足跡が波にさらわれかけた砂上に、柘植の櫛が刺さっていた。

まるで、小さな墓標のようにみえる。

しばらくすると、櫛も白波にさらわれてしまった。

浜辺が漆黒(しっこく)の闇(やみ)に包まれても、雁が音はいつまでも聞こえていた。

何をそれほど、惜しむことがあるのだろう。

頬に傷を付けたときから、おゆうはおゆうの道を歩んできた。

誰にも文句を言わせず、嫋(しな)やかに、逞(たくま)しく生きている。
そうした生きざまに、惹かれていたのかもしれない。
冷たい砂を踏みしめながら、絵師はそんなふうにおもった。

行徳帰帆

立冬から七日目、小春日和の暖かな一日は終わりを告げようとしている。

「舟が出るぞおい」

桟橋では老いた船頭が声をかぎりに叫んでいた。

「待て、待ってくれ」

埃にまみれた道中合羽を捲りあげ、絵師は必死に駆けだした。

乗合船の客はぜんぶで七、八人。微笑ましげに向けられた顔がひと叢の紫陽花にみえる。

もちろん、紫陽花の季節ではない。湯治におもむいた那須湯本は全山錦の衣を纏っていた。那須から白河の城下に立ちより、大田原、宇都宮と経て、奥州街道を四日掛かりで戻ってきたのだ。急ぐ旅ではないにせよ、江戸へ帰る本日の仕舞い舟に乗りおくれるわけにはいかない。

「待ってくれ」

いくら叫んでも船頭だけは気づかず、纜を解こうとしている。

そのとき、藍色の浴衣を羽織った女の客が船頭の背中を突っつき、こちらに気づかせてくれた。

年の頃なら三十路の手前、丸髷を櫛目も鮮やかに結いあげている。

目鼻立ちのすっきりした美人だが、面窶れした感じは否めない。

駆けながら遠目に眺め、なぜか、胸が高鳴った。

近づくにつれ、胸の鼓動は抑え難くなってゆく。

「おつや」

口をついて出たのは、かつて心を奪われたことのある相手の名だった。

江戸川の東岸を眺めれば、関宿の城が威風堂々と佇んでいる。

城の遥か彼方には、茜色に染まった富士山もみえた。

関宿からは、野田産の醬油を積んだ樽船が出る。銚子湊からは利根川の水運を利用し、高瀬船もやってくる。こちらの積み荷は、主に東廻り航路で運ばれた陸奥や出羽の米と海産物だ。銚子産の醬油を運ぶ船もある。関宿を経由した荷は、銚子湊から一昼夜で日本橋や京橋の河岸へ持ちこまれる。

賑やかな関宿を彼岸にみる境河岸からは、毎夕、江戸へ向かう旅人のために乗合夜舟が出ている。

夏場は涼しいが、冬場は屋根替わりに篠を張って寒さをしのがねばならない。

冬の夜舟に乗るは莫迦とも言う。

なにしろ、両国の大橋へ達するのは明け方だった。それまでは月影を水先案内人に立て、凍てつく川面を漕ぎすすむしかない。いくら船便のほうが速いとはいえ、客が少ないのは当然のことだ。

絵師は船上のひととなった。

舟は静かに川面を滑りだす。

楽しみにしていた関宿の夕映えも、今は目にはいらない。

麗しげな女の横顔には、けっして色褪せることのない思い出が秘められていた。

「やっぱり、一幽斎さまだった」

おつやは頬を上気させ、むかしの号を口にする。

窶れた印象はすっかり消え、心底から嬉しそうだ。

ふたりは九年ぶりの邂逅を懐かしみ、境河岸の夜舟に乗りあわせた偶然と幸運を驚きをもって分かちあった。

「一幽斎さまは、どちらから」

「那須だ」

「湯本ね。湯治に行かれたの」

「あいかわらず、勘が良いな」

「東の大関は上州草津、関脇は野州那須にてござ候。温泉番付よ。でも、どうして湯治なんかに」

「手首を痛めてな。医者に湯治が効くと聞いたものだから」

「お医者さまが匙を投げるくらいなら、そうとうにおわるいのね」

「たいしたことはない。じつを言えば、家人の手前、鍼医者に頼んで大袈裟に言わせたのだ。ぶらりと、ひとり旅がしたくなってな」

「それなら、ひと安心ね。当代一の名所絵師が絵筆を握れなくなったら、おおごとですもの」

「おかげさまで、おもいがけず、こうしておまえさんに出逢うことができた。これも怪我の功名と言うのかな」

「仰るとおりにござ候」

おつやはふざけた調子で言い、小娘のように笑い転げた。

「ああ、こんなに笑ったの、何年ぶりだろう」

「え、そうなのかい」

「うふふ、お気になさらないでね」

気にするなと言われれば、気になってしまう。甘酸っぱい恋情が、じわりとわいてくるのだ。

「ところで、おぬしはどこから」

「わたしは白河から。ほら」

おつやは荷をほどき、白い達磨を取りだした。

「白河達磨か」

城下を散策しながら、土産物屋でよく見掛けた代物だ。

眉は鶴、髭は亀、耳髭は松と梅、顎髭は竹を模して巧みに描かれている。めでた尽くしの縁起達磨には白と赤の二種類があり、白は幸を呼ぶ開運達磨、赤は家内安全をもたらす厄除け達磨とされていた。

老中首座にもなった藩主の松平定信が白河城下の繁栄を祈念し、絵師の谷文晁に原画を描かせた。殿様の肝煎りでつくられた達磨が、今や白河の名物になっている。

「わたし、いちど嫁いだでしょ。嫁いですぐに旦那さまがお亡くなりになってね、京橋の爺さまのところへ出戻ったの」

それから一年後、白河城下の達磨屋に後妻ではいったのだという。

「そうだったのか」

「嫁いだささきのご両親は親切な方たちでね、ずいぶんよくしてもらったわ。達磨屋の跡取りになる子もできたし、旦那さまにはだいじにしてもらっているのよ」

饒舌に喋るおつやの額が、心なしか翳ったように感じられた。

それでも、絵師はじっくりとうなずき、幸福をつかんだらしい相手を祝福した。

「一幽斎さまは、ご名声も得られたことだし、不幸せなはずはないですよね」

名声を得たというほどのものではないが、それなりにやっていると、絵師はお茶を濁した。

名所絵は役者絵や美人絵とらがって、さほどの稼ぎにならない。丹精込めて描いた下絵が刷り物となって安価な値を付けられ、田舎侍相手の土産物屋に並んでいたりする。それでも、絵筆一本で食べてゆけるのは喜ばしいことだ。対価が少なかろうと、贅沢を口にすべきではない。

むしろ、辛いのは家のことだ。

妻が重い病を患い、寝たきりも同然になっていた。

六年前、後見役もふくめて二十年以上もつとめた定火消同心の役目を養子に譲り、ようやく絵筆一本で生活を立てることになったやさきのはなしだ。

絵師は十三で両親を亡くし、祖父に育てられた。父の死とともに同心の役目を継いだが、二十歳のとき、祖父と後妻とのあいだに男子が生まれた。男子は世間体を慮って絵師の養子とされ、家督を譲りわたすこととなった。

絵師は長期間、幼い嗣子の後見人として代役を務めた。ようやく、二足の草鞋から解放されたとおもったやさき、妻が病に倒れたのだ。

この六年間、心の晴れる日はほとんどなかった。

妻への情が枯れたわけではない。ただ、病に冒された者の痛々しいすがたをみるにつけ、鉛を呑みこんだような気分になった。

恨み言を吐きたい衝動に駆られたが、絵師は黙っていた。

おつやにたいして未練がなければ、正直に喋っていたかもしれない。

恨み言を語り、同情を得ようとしただろう。

しかし、ありのままを告げてしまえば、ふたりの邂逅は色褪せたものになってしまう。

そんな気がした。

「一幽斎さまは、おいくつになられたの」

「四十二の本厄さ」

「まあ」

「おぬしは、二十九か」

絵師は発したそばから、溜息(ためいき)を漏(も)らす。

思い出が、走馬灯(そうまとう)のように蘇(よみがえ)ってきた。

九年前、師匠(ししょう)の歌川豊広(うたがわとよひろ)が逝去(せいきょ)したのにともない、周囲から「二代目豊広を襲名(しゅうめい)してはどうか」というありがたいはなしを頂戴した。

それというのも、十五で門人となってから十八年の長きにわたって師事し、豊広とは肉親も同然の間柄になっていたからだ。温雅な師の技法を受け継いだ数少ない弟子のひとりという点も、他薦された理由のひとつだった。

しかし、養子の代役として宮仕えを辞めるわけにもいかず、二代目襲名のはなしは断った。

ちょうどそのころ、亡くなった師の家にちょくちょく顔を出すようになったのが、おつやであった。

可憐(かれん)な面立(おもだ)ちの娘で、気立ても良いし、元気も良い。

ところが、縁談も浮いたはなしもなく、門人たちは腫(は)れ物に触るかのように避けていた。

興味を持つなと言われるほうが無理なはなしで、絵師は妻があるにもかかわらず、おつやのことを深く知りたくなった。

素姓はすぐに判明した。

驚いたことに、歌川豊国が駆け落ちした相手に産ませた子であるという。

豊国は歌川豊春に師事した豊広の兄弟子、役者絵で一世を風靡した浮世絵師で、すでに没して四年が経っていたにもかかわらず、錦絵の人気は衰えを知らぬかのようだった。

絵師が十五のときに門を敲き、拒まれた相手でもあった。なにしろ、当時の版元が千両積んでも描かせたいと漏らしたほどの人気絵師。門前市をなすほどの門人志望者がいただけに、あきらめるよりほかになかった。拒まれて仕方なく、豊広の門を敲いたのだ。

門戸は閉ざされたが、根に持つようなことはなかった。

のちになって、その勝手気儘な愛すべき人柄には大いに惹きつけられた。

豊国は作風同様の派手好み、芝居町にほど近い日本橋の堀江町に自邸を構え、贔屓にしている役者の後見人もやっていた。同じ芝居好きの仲間に、京橋に住む地廻りの親分があった。豊国はあろうことか、十六になる親分の娘と恋仲になってしまい、妻子の住む本宅を飛びだして同棲するにいたった。

翌年、女の子が生まれた。

それが、おつやであった。

豊国は駆け落ちも同然に家を飛びだしたのち、十六年も本宅へ帰らず、亡くなるまで籍も抜かぬまま、京橋の別宅で暮らしつづけた。

そうした生きざまが、世間に受けいれられるはずもない。

生まれた娘は白い目でみられ、肩身の狭いおもいをさせられた。

豊国が没したのち、まだ三十そこそこで女盛りの母親は、粕壁の木綿問屋に嫁いでしまった。取りのこされたおつやは、地廻りの元締めを後進に譲った祖父のもとに預けられた。

そうした事情を不憫におもった豊広が、兄弟子である豊国の何周忌かで出逢ったときに「遊びにおいで」と、優しく声を掛けてあげたのだ。

おつやは生前の恩義に報いたいと、豊広の葬儀を手伝い、それがきっかけで未亡人に気に入られ、家に顔を出すようになった。

拠所ない事情を知ればなおさら、絵師はおつやを無視できなくなった。

それでも、自分からはなかなか声を掛けられない。

悶々とした日々を送っていると、はなしをする機会が訪れた。

今時分と同様、神無月のよく晴れた日のことだった。

神田の藍染川に架かる弁慶橋を描いていたとき、じっと横に立って眺めていたのが、おつやであった。

「おもしろくない絵ね」

ひとこと、そう腐してみせ、舌をぺろっと出す。

その仕種があまりに愛らしく、怒りもわいてこなかった。

「一幽斎さまは、豊広のおじさまにそっくり。だから、好きなんだよ」

おもいがけず発せられたことばにたじろぎ、耳まで真っ赤に染めたことをおぼえている。

その日から、ふたりは夕暮れになると、筋交いに架かる弁慶橋のたもとで逢瀬をかさねるようになった。

逢瀬というには、幼すぎる関わりであったかもしれない。

何をはなすでもなく、指と指をからめて川縁を散策し、暗くなれば「また明日」と言いあって、弁慶橋のたもとで別れてゆく。

たったそれだけの他愛もない関わりだったが、冷静になって考えれば、どうかしていたとしか言いようがない。世間の常識に照らしてみれば、妻のある三十三の男が十三も年の離れた妙齢の娘とやっていい行為ではなかった。

逢瀬をかさねて十日ほど経ったころ、おつやは唐突に泣きだし、ひと目もはばからずに抱きついてきた。

理由を聞き、絵師はことばを失った。

「明日、わたしは嫁ぎます。誰かの女房になるのです」

と、驚くべきことを告白されたのだ。

嫁ぐ相手は、弁慶橋を渡った向こうにある紺屋の主人だという。

かなりまえからきまっていたはなしで、どうやら、豊広が生前に口添えしてくれた縁談らしかった。

「後妻なの。お相手は四十なかばの旦那さま」

おつやは淋しげに微笑み、さよならも言わずに去っていった。

あのときの秘密めいた思い出を、忘れることができない。

爾来、九年ぶりの邂逅であった。


ちゃぽんと、小波が寄せて舟縁で弾けた。

土手の薄が風に揺れ、何事かを囁きかけてくる。

あたり一面は暮れなずみ、鏡のような川面に波紋が広がってゆく。

おつやが顔を近づけてくると、あのときと同じ芳香が匂いたった。

「一幽斎さま。藍色のはなしをしたこと、おぼえておいでですか」

「おぼえているとも」

おつやには、絵の素養があった。

実際に描いた絵をみせてもらったこともある。

父親譲りの大胆さと繊細さを合わせもっていた。

藍染川の川縁を散策しながら、藍色のはなしをよくした。

今では絵師なら誰でも使うようになったベロ藍、和蘭陀船によってもたらされた船来染料についてだ。

既存の藍色とはあきらかに異なり、紙面に塗った瞬間に鮮烈な輝きを放つ。英泉の描く団扇絵に用いられたのを皮切りに、北斎の『富嶽三十六景』などにも多用され、あまねく知れわたるようになった。

「今では定番になってしまったが、あのころはまだめずらしかった」

「絵師にとっては宝物よね。あの藍色を初めてみたとき、わたしもこれで絵を描いてみたいとおもったもの」

だが、おつやは絵師になる道を選ばなかった。

そのかわりに、父の豊国から形見で貰ったという稀少なベロ藍を、絵師に託して去ったのだ。

「あの藍色、お使いになったの」

「いいや」

使わずに、たいせつな思い出の証しとして取ってある。

おつやは満足げに微笑んだ。

「わたし、これから、成田のお不動さまへお札を貰いにゆくの」

「そういえば、豊国先生は團十郎を贔屓にしておられたな」

「いまわに、もういちど成田山へ詣でたいって、淋しそうにつぶやいたわ」

「それは初耳だ」

去年の十三回忌に詣りたかったが、嫁ぎ先の事情でかなわなかった。

「一年遅れになったけれど、ようやく願いをかなえてあげられる」

幸運を呼ぶ白達磨を抱え、おつやは成田山へ詣でるという。

行き方はさまざまだが、関宿からなら江戸行きの夜舟に乗るよりも、利根川を船で東漸したほうが近い。

ひょっとしたら、途中の千住で下船し、紅葉の名所で知られる真間や八幡を経由しながら、のんびりと向かうつもりなのかもしれない。

いずれにしろ、空が白々と明ければ、ふたりには別れが待っている。

あのときのように、指と指をからめ、成田山まで行けたらいいのにと、絵師はおもった。

一度目に出逢った者は、二度目の偶然を期待する。

二度目は偶然でなく、もはや、宿命に変わるからだ。

翌日もよく晴れた。

絵師は下総真間にある弘法寺の境内に立ち、せっせと絵筆を動かしている。

江戸の名所を描けと言われたら、秋の項の筆頭に、弘法寺の楓がくるであろう。

高さ五丈にもおよぶ巨木が枝を縦横に広げ、紅に燃える葉を幾重にも纏っている。

眼下を流れる真間川には継ぎ橋が架かり、橋を渡ったさきには手児奈明神の社がみえた。

安産に霊験をもつ社だが、むしろ、恋の軋轢に悩む娘たちの訪れたがる地であるという。

「葛飾の　真間の入江に　うちなびく　玉藻刈りけむ　手児奈し思ほゆ」

隣に佇むおつやはみずからも筆を取り、大瑠璃が囀るように万葉集の一首を口ずさんだ。

「山部赤人か」

「そうよ。手児奈が入水したのは、どのあたりでしょうね」

「さあて、どのあたりかな」

手児奈という伝説の乙女は多くの男たちに言い寄られ、悩んだすえに入水したとも伝えられている。

おつやは絵筆を動かしながら、たったひとりの相手を愛する幸運に恵まれなかった手児奈を、みずからに重ねあわせているようだった。

いずれにせよ、真間の入江と遠景にみえる海の色には、おつやに貰ったベロ藍を使うつもりだ。

昨晩、おつやは夜舟のうえで、紅葉狩りに行きたいと言いだした。よければいっしょに行かぬかと誘われ、絵師は一も二もなくうなずいた。

日の出前、ふたりは千住宿で下船し、新宿を経て小岩の関所を抜けたあとは、渡し船で曙光に煌めく江戸川を越えた。そして、対岸の市川宿を突っきって左手に向かい、禅寺の総本山として知られる総寧寺のある国府台まで足を延ばした。

さすがに、国府台八景と呼ばれるだけあって眺望に優れ、南面の絶壁から海原をのぞめば、東の彼方に房総の山々が連なり、葛飾平の広がる西の彼方には多摩の横山や富士山までもが遠望できた。

絶景を堪能したのちは山路を戻り、真間の弘法寺に向かった。

おつやは仁王門を守る漆黒の仁王像に驚き、中庭の伽藍に佇立する大楓を見上げては感嘆の溜息をついた。

鈴木院の本堂脇へおもむき、手児奈が朝な夕なにみずからのすがたを映した鏡ヶ池もみたし、手児奈が意地悪な継母に命じられて水くみをやらされたという井戸も眺めた。

幅の広い参道を歩き、肩を並べて石段も登った。

だが、おたがいに遠慮もあって、指と指をからめることはなかった。

九年の月日が、触れることの許されぬほんのわずかな間合いを生じさせたのかもしれない。

淋しい気はしたものの、一方では安堵する気持ちもあった。

絵師は弾むようなおもいで紅葉狩りに付きあっておきながら、家人への後ろめたさを引きずっていた。

弘法寺を離れ、真間から国分寺にいたる田圃の小川では、掘りおこせば血の雨が降るという夫婦石を愛でた。

さらには、枯れ寂びた梨園を通って、八幡へたどりついた。

八幡の藪知らずという諺は、出口がわからずに迷うことの喩えだが、八幡宮を取りまく藪はさほど広いものではなかった。松並木の参道をのんびりと散策し、本殿の右手で見事に黄葉した千本公孫樹を眺めた。

街道を歩けば汗ばむほどで、冷たい海風すらも心地良かった。

ふたりは暗くなってから船橋宿にいたり、街道筋で旅籠を探した。

朝から歩きまわり、からだは疲れきっている。

が、心は軽い。満たされていた。指に触れもせず、ただ、いっしょにいるだけで満足だった。

これ以上、何を求めようというのか。求めるべきではない。

自問自答しながら歩いていると、不思議そうに覗くおつやの顔がそばにあった。

船橋宿は房総の海に面して東西に長く延び、街道沿いに軒を並べる旅籠や商家はみな二階屋になっている。一歩裏手に踏みこめば不動詣での客を見込んだ色町もあり、往来には泊まり客を取りあう留女にまじって、怪しげな白塗りの女たちも見受けられた。

賑やかな念仏踊りの一団を見送りつつ、東に向かってゆくと、四つ辻の暗がりから嗄れた声を掛けられた。

「おふたりさん、こっちへおいで」

辻占の老婆だ。

「おぬしら、事情ありじゃな。わしは左目がみえぬ。ほれ、このとおり、黒目が無うなってしもうた。右目はかろうじてみえるがな、辻占に目は要らぬ。なぜかと申すに、みえぬほうがよくみえるからじゃ。おぬしらの行く末がな、うひょひょ」

眠ったような眸子の奥に、底知れぬ光を湛えている。

「どうじゃ、聞いてみたくはないか」

「聞いてみたい」

おつやは嬉しそうに言い、大きな瞳を輝かせた。

老婆は梅干しをふくんだように笑い、おもむろに語りだす。

「おぬしらはいったん別れ、近いうちにまた再会するじゃろう」

「ほんとう」

「嘘は言わぬ。わしはみえたままを喋っておるだけじゃ」

「それなら、もっとさきを教えて。再会して、どうなるの」

「聞きたいか。なら、五十文じゃ」

干涸らびた枝のような手を差しだされ、絵師は袖口をまさぐった。

小銭を手渡すと、老婆は歯の無い口で笑ってみせる。

「おぬしらはいずれ、めでたく添い遂げるじゃろう」

ふたりは顔を見合わせて苦笑し、辻占の老婆に背を向けた。

「うふふ、おもしろかったね」

「そうだな」

老婆の胡散臭さに救われた気分だ。

ふたりの間合いは遠ざかりもせず、縮まりもしない。

おたがい、淡い期待を抱きながらも、けっして踏みこんではいけないと、みずからを律している。

理性をかなぐり捨て、熱情のままに奔るには、少しばかり年を取りすぎていた。

一夜の快楽に身を委ねれば、相手を傷つけることは目にみえている。

ふたりのあいだには、踏みこめば溺れてしまいかねない深い川が流れていた。

たとい、白魚のような手で誘われても、絵師は岸辺で立ち往生するしかない。

宿場を分断する海老川の手前にたどりつき、笹屋という旅籠に草鞋を脱いだ。

応対に出た番頭によれば、江戸にも名の聞こえた行徳の饂飩屋と主人同士が兄弟なのだという。

紅葉の時季は客が多く、どの旅籠も部屋はほとんど埋まっていた。

蒲団部屋のような黴臭いところに案内されたが、夕餉の膳は豪勢なものだった。

鰈の刺身に、牡蠣の柚子かけ大根おろし、甘鯛の味噌漬けも付いており、なんといっても、醤油味の餡かけ豆腐が美味しかった。おろし生姜、晒し葱、海苔といった薬味を掛け、熱々のところを、口をはふはふさせながら食べるのだ。

ふたりは差しつ差されつ、上等な燗酒を舐め、仕上げに自慢の饂飩を食べた。

夜も更け、枕を並べて眠る段になると、気の利きすぎる女中がやってきた。薄汚れた屛風を小脇に抱えており、使うなら使えという態度で置いてゆく。おかげさまで、狭い部屋のまんなかは屛風で仕切られることになった。かなり酔ってはいたが、絵師はどうにも寝付けなかった。

一刻ほど過ぎると、屛風の向こうから、しゅっ、しゅっと、紙に刷毛を塗るような音が聞こえてくる。

「どうしたのだ」

掠れ声で尋ねてみた。

「絵を描いております」

と、返答があった。

「へえ、どんな」

のっそり起きだし、屛風の向こうへ首を差しだす。

おつやは畳に紙をひろげ、平たい筆を動かしていた。

「ご覧にならないで」

「どうして」

「恥ずかしゅうございます。お願いですから、みないで、ね」

「わかった、わかった。ところで、何を描いておるのだ」

「真間の入江に藻が靡いている景色にござります。燃えるような紅葉が川面を埋めつくし、渦巻いているのですよ」

「ほう」

屏風を蹴倒してでも、みてみたい衝動に駆られた。

だが、おつやは頑として、それを拒んだ。

「さきほど、少しまどろみながら夢にみた光景にござります……う、うう」

拒むだけでなく、さめざめと泣きだす。

「なぜ、泣く」

「ときすらも忘れ、あまりに楽しいものだから……つい、涙があふれてきて」

涙の真意をはかりかねた。

なぜ、泣くのだ。

幸せだと言ったはずなのに、なぜ、泣かねばならぬ。のどもとまで出かかった問いを、ぐっと呑みこんだ。

聞いてやるべきだったのかもしれない。

だが、ことばが出てこなかった。

「もう、休みましょう」

「ふむ」

あきらめと安堵が、疲れたからだを包みこむ。

ふたりとも、朝まで一睡もできなかった。

翌朝は何事もなかったかのように朝餉を済ませ、一抹の未練を残しながら旅籠をあとにした。

海老川を渡ると、海神として崇敬を集める意富比社がある。

社の左方から裏手へ廻る道が成田道で、駕籠担ぎや馬方が屯していた。

ここからは、大和田、臼井、佐倉と道を稼ぎ、酒々井からは北東に向きをかえる。

平坦な道程だが、十里近くはあった。男ひとりでも、一日の行程としては長い。

ふたりはことばも交わさず、ひたすらさきを急いだ。


成田山新勝寺の開基は、平安の初期まで遡る。

下総に根を張った平将門の叛乱を鎮めるべく、ときの朱雀天皇により遣わされた京都遍照寺の僧寛朝が、この地に不動明王像を祀って祈願した。そして、天慶三年（九四〇年）の満願の日、祈願どおりに将門が討ち死にしたときから、新勝寺は東国鎮護の総本山となった。

手軽な行楽地として人気を博すようになったのは、元禄のころからだ。深川の永代寺八幡宮にて十数回も出開帳をおこない、それが評判を呼んだ。

さらにまた、佐倉出身の初代市川團十郎が不動尊に念じて子宝に恵まれたことから、代々、一門は新勝寺を信奉するようになった。荒事を演じる團十郎が見得を切る顔は、まさしく不動明王の尊顔にほかならず、出開帳に合わせて演じられた『成田不動霊験記』などが話題をさらい、それが豊国の役者絵になって評判を呼び、新勝寺の霊験を広めるのに一役買った。

緩やかな下り坂のつづく門前町を八町ほど行くと、左手に豪壮華麗な伽藍があらわれる。

参道には夕陽が射し、境内の紅葉をいっそう引きたたせていた。

「着いたわ」

おつやは金箔に飾られた三重塔を仰ぎ、安堵の溜息を漏らす。

「茶でも呑もうか」

境内の水茶屋に向かい、ふたりで仲良く毛氈に座った。

――塩餡、隣知らず。

と書かれた幟を眺めていると、鬢に霜のまじった親爺がにこやかにあらわれた。

「おしどりさま、いらっしゃい。春は牡丹餅、秋は萩、夏は夜舟で冬は北窓、同じ饅頭でも呼び名はさまざまにございます」

辻講釈のような口上に、絵師は辟易としたが、おつやはおもしろがっている。

「舟が着くと餅を搗くとを掛けまする。夜舟は闇に着くので闇着き、やみつきになるのがこちらの塩餡にござい。冬の夜舟に乗るは莫迦、凍てつく川面に漕ぎだすのは、道行きのふたりと相場はきまっておりまする。冬は搗かずと月入らずを掛けて北窓なんぞと洒落て呼びますが、餅を搗かぬから音もしない。ゆえに、隣知らずなぞとも申します」

幟が風にはためいている。

親爺が奥に引っこむと、おつやはさっそくはなしかけてきた。

「冬の夜舟に乗るは莫迦ですって。それって、わたしたちのことね」

「ああ、そうだな」

「おしどりさんって、おかしな言い方よね」

おつやがくすくす笑っていると、饅頭と緑茶が運ばれてきた。

別の客が去ったあとをみやれば、淡い紫の可愛らしい花が毛氈に置きわすれてあった。

「冬菫ね」

摘みとったばかりの瑞々しさが感じられる。

おもいがけない贈り物に、おつやは瞳を輝かした。

手向けの花には可憐すぎるなと、絵師はおもった。

おつやは冬菫を拾い、髪飾りのかわりに挿してみる。

「父はこうして、季節が変わるたびに花を挿してくれたのよ」

ふたりは塩餡を頬張っては茶を呑み、落ちついたところで本堂に向かった。

おつやは商家の内儀らしく、丸髷を艶やかに結いなおしてみせたが、冬菫の髪飾りが小娘のような愛らしさを感じさせた。

「父はね、無欲で、気の小さいひとだった。だから、あれだけの仕事をしておきながら、堀江町の本宅にいつも後ろめたさを抱えていた。本宅の敷居をまたがなかったのは、意地を張っていたからじゃない。口には出さなかったけれど、申し訳ない気持ちでいっぱいだったのよ」

意外なはなしだ。

豊国の尊大とも映る風貌からは、想像もできない。

師の豊広はいつも、羨望の眼差しで、奔放な兄弟子をみつめていた。

自分の気持ちに、あれほど真っ正直に生きてゆくことができたら、どれほど気持ちの良いことか。

それは豊広ではなく、絵師自身が感じたことだ。

豊国は動、豊広は静。いずれも甲乙付けがたいほどの技倆を持ちながらも、大衆に受ける人気という点では、天と地ほどの差がひらいた。性格は筆にあらわれる。豊広の描く絵は穏やかすぎて、豊国のように躍動することはなく、そのぶんだけおもしろみに欠けたとおもわれたのかもしれない。

師はつねに、豊国の影でありつづけた。甘んじて、その立場を受けいれ、微動だにもしなかった。師の側にあった者から眺めれば、豊国はいつも太陽のように輝いていた。

それだけに「無欲で、気の小さいひとだった」という娘のことばが、信じられないのだ。

が、いまさら、何を言ったところではじまらない。

自分の気持ちに正直に生きるのは羨ましいことだが、それが幸福と結びつくかといえば、それはまた別のはなしだ。

正直な気持ちを偽ってでも、心の平安を求めたいと願う者もいる。

おそらく、師の豊広はそうであっただろうし、どちらかといえば自分もそちらのほうだろうと、絵師はおもった。

――だったらなぜ、ここまで従いてきたの。

射るような眼差しで睨まれても、絵師にはこたえられない。

ただひとつ言えるのは、自分らしくないことをしているということだけだ。

おつやはお布施を納め、御坊に護摩を焚いてもらった。

このときまで、白達磨も奉納されるものとばかりおもっていたが、どうやら、ちがうらしい。

「これはね、わたしがまだ母のおなかにいたとき、陸奥を旅した父が白河城下で求めたものなの」

「え、まさか、三十年もまえの達磨なのかい」

「そうはみえないでしょう。たいせつにとってあったからね。この達磨が縁で、わたしは白河へ嫁いだのかもしれない」

淋しそうな横顔が、日没とともに翳ってゆく。

ふたりは懇ろに故人の供養を済ませ、門前に並ぶ旅籠のひとつに一夜の宿をさだめた。

翌日、ふたりは一日掛けて船橋へ戻り、さらに一泊して千住へ向かった。

千住では大橋のそばに宿をとり、夕餉は甘い千住葱のどっさりはいった鴨鍋を食べた。

部屋は広々とした六畳間で屏風で仕切る必要もなかったが、朝まで一睡もできないことにかわりはなかった。

別れは、刻一刻と近づいてくる。

街道筋がまだ朝靄に包まれているころ、ふたりは旅支度をととのえ、旅籠をあとにした。

交わすことばとてなく、掃部宿の棒鼻まで送ってゆく。

「これ、貰ってください」

おつやはそう言い、形見の白達磨を手渡した。

いよいよ、別れが近づいてくると、おつやはことさら明るく振る舞いはじめた。

正直、これほど別れが辛いとはおもいもしなかった。

出逢ったことがよかったのかわるかったのか、今となってみれば、境河岸の夜舟が恨めしい。

おつやは幸手で一泊、小山で一泊し、宇都宮に向かうと告げた。

芝居の幕が開くように、靄はいつのまにか晴れていた。

陸奥へつづく街道は紅葉に彩られ、旅人たちの目を楽しませていたが、涙で霞んだ絵師の目には虚ろな景色にしかみえない。

絵師は女のひとり旅を案じた。

道中の無事を祈念しつつも、旅路の終わりに平穏な暮らしが待っていることを恨んだ。

ふたたび、おつやは達磨屋の内儀として日常のありふれた暮らしに戻ってゆく。

そのことが口惜しくもあり、引きもどしたい衝動に駆られた。
もちろん、そうする素振りすらみせることはできない。
ひとは出逢い、別れてゆく。
別れがあるから、出逢いも輝いたものになる。
「道中、気をつけて」
「ありがとう、さようなら」
ふたりは、再会の約束もせずに別れた。
いつか、白河を訪れたとしても、達磨屋を訪れることはなかろう。
平穏な暮らしに波風を立てるつもりはない。
そこまでの熱情は、もう残っていなかった。
今は、ともに短い旅を楽しんだ幸運に感謝するだけだ。
おつやは何度も振りかえり、名残惜しそうに手を振った。
仕舞いに何か言いかけたようにおもったが、遠すぎてよくはみえなかった。
からめた指がはなれてゆく。
すべては夢であったのかもしれない。
おそらく、二度目の偶然は訪れまい。

もはや、二度目は宿命にほかならないのだから。

ふと、路傍に目を落とすと、冬菫が咲いていた。

慎ましく、儚げに咲く花の残り香が、おつやの面影とかさなった。


一ヶ月後。

版元である喜鶴堂の誘いで、行徳へ向かう機会が訪れた。

日本橋の小網町から行徳船に乗り、小名木川、中川と経由しながら行徳河岸へ向かうのだ。

行徳から船橋は近い。

成田山に詣でる多くの者が、小網町からの船便を使うことはよく知られていた。

しかし、今日は乗りあわせた客が少ない。

「この寒さですから」

と、喜鶴堂はこぼす。

「空模様が気になりますな。なにせ、尋常な寒さではない。ひょっとしたら、初雪になるかもしれませんよ」

喜鶴堂は、蒼海に白い帆を張った帆船の雄姿をおもいうかべているようだった。

なるほど、雪曇りの空では、そうした光景も期待できまい。

「ひとつ、おもしろいはなしがございましてな」

海千山千の版元が、赤い鼻を寄せてきた。

「とある地廻りの元親分が知りあいの版元のところへ、一枚の錦絵を持ちこんでまいりました。版木を五両で買わぬかと持ちかけられ、門前払いにしようとしたものの、ふと、錦絵に目を吸いよせられた。知りあいは、一両で版木を買うことにしたのだそうです」

「ほう」

「それほどの錦絵だったのですよ。知りあいは五両でも高くなかったと申しておりました。で、おもしろいはなしとは、ここからにございます。じつは、錦絵を描いたのは、おなごだと申すのです。しかも、ただのおなごではない。なんと、豊国先生の妾腹（めかけばら）なのでございます」

ちゃぽんと、船縁に水が撥（は）ねた。

絵師は仰天し、ことばを失っている。

おつやのことは、すっかり忘れていたのだ。

成田山に向かった旅は夢のなかの出来事にすぎず、今では現（うつつ）か否かの峻別（しゅんべつ）すらできなくなっている。

「もし、どうなされました」

「い、いや、何でもありませんよ」

「されば、つづきを。そのおなご、おつやどのと申されましてね、年は三十の手前だそうで。つい先月まで、白河の達磨屋に嫁いでおられたのですが、ご亭主がお亡くなりになったのを機に、ご不幸にも嫁ぎ先から縁切りされ、今は京橋にある元親分のもとへ身を寄せているのだと聞きました」

心ノ臓が、どくどく音を発てはじめる。

絵師は乾いた唇もとを舐め、声をわずかに震わせた。

「おつやどのなら、知らぬお方ではない」

「お、そうでしたか」

「たしか、達磨屋に嫁がれたのち、跡継ぎに恵まれたようなことを小耳に挟んだが」

「それは、お聞きちがいでしょう。達磨屋の跡継ぎになったのは、分家から貰った養子だそうです。おつやどのは後妻ではいられたのち、子は産んでおりません。それを証拠に、子が産めぬことで姑からいびりたおされたと聞きました」

おつやは、幸せだなどと嘘をついた。

嫁ぎ先でいびられたあげくに縁切りされ、仕方なく江戸へ戻ってくるところだったのだ。

境河岸の夜舟で乗りあわせたのは、不幸のどん底で喘ぐ女であった。

なぜ、正直に告白してくれなかったのか。

絵師にはしかし、おつやの気持ちがわかるような気がした。

「じつは、おつやどのが描かれた絵を一枚摺ってまいりました」

「え、今ここで拝見できるのか」

「はい」

喜鶴堂は懐中に手を入れ、油紙に包んだ絵をうやうやしく取りだしてみせた。

「さあ、こちらです」

絵師はごくっと、唾を呑みこむ。

真間の入江に、藍色の藻が靡いていた。

川面を埋めつくす紅葉が渦巻いている。

想像のなかにあった絵と同じだ。

「葛飾の　真間の入江に　うらなびく　玉藻刈りけむ　手児奈し思ほゆ」

喜鶴堂は、絵の端に記された山部赤人の歌を詠んだ。

「すさまじい」

ひとこと、絵師は呻くように声をしぼりだす。

「鬼気迫るものがござりましょう。女の情念が描かせた絵としか言いようがござりませぬ」

気づいてみれば、行徳船は河岸の桟橋に鼻先を寄せていた。

行徳である。

陸にあがると、左手には高札場が、右手には人馬継立の問屋場があった。

旅籠の居並ぶ宿場の目抜き通りに出ると、正面の角に『笹屋』という屋根看板がみえる。

「名代の饂飩屋ですよ。おひとつ、いかがです」

ふたりは饂飩屋の暖簾を振りわけ、空腹を満たした。

店を出て、宿場外れの棒鼻から、海辺の道をたどって塩田に降りてゆく。

あちこちの浜では、汐を焼く煙が立ちのぼっていた。

このあたりは塩の一大産地で、小田原北条氏の統治下にあったときから、年貢は塩で納められてきた。

海水は天日によって蒸発し、濃厚な塩水となる。これを巨大な平釜で煮詰め、塩を精製するのだ。小名木川も、行徳の塩を江戸に運ぶために開削された水路であった。

塩田から遥か遠くを見渡せば、江戸湾が一望できる。

「どうやら、雪は降らずに済みそうだな」

厚雲の割れ目から、一条の光が射していた。

海は灰色に沈んでいたが、光の射すあたりだけは濃い藍色に彩られている。

「ベロ藍だな」

絵師は、にやりと笑った。

浜千鳥(はまちどり)が群れとなり、沖へ飛びさってゆく。

絵師は懐中から、矢立(やたて)と紙を取りだした。

「版元どの。はて、このたびの画題は何であったかな」

「帰帆にござります。よもや、お忘れではござりますまい」

喜鶴堂は嬉しそうに、海原の彼方を指さした。

「ほら、あれに」

純白の帆を張った帆船が、風を孕(はら)んで近づいてきた。

飛鳥山暮雪（あすかやまぼせつ）

白い闇を彷徨いつづけ、もうずいぶんになる。

一刻半、いや、崖から落ちて意識を失っていたあいだも入れれば、二刻を超えているかもしれない。横殴りの吹雪にさらされながらも、手足の動くかぎりは歩きつづけようとしていた。右足をわずかに引きずっている。といっても、膝下は雪に埋もれ、腰で雪を漕いでいるかのようだ。

毛穴から噴きだす汗は肌着を濡らし、ひんやりとした布地は体から温かみを奪う。凍死したくなければ日暮れまでに、風雪をしのぐ小屋をみつけねばならぬ。まさか、毎年花見に訪れる飛鳥山でこんな日に遭おうとは、夢にもおもわなかった。

――かさなるや雪のある山只の山。

誰の発句か忘れたが、さきほどからずっと、その句が脳裏を駆けめぐっている。

先回は紅葉も終わりかけた霜月のはじめに訪れ、飛鳥山の遥か彼方に雪を戴いた筑波山を遠望した。そのとき、手前に佇む飛鳥山を「只の山」とおもったのかもしれない。

筑波山を彼方にのぞむ景観は、富士山を遠景に置いた小金井堤の桜並木を思いおこさせた。当初、版元に課された「暮雪」の舞台は小金井堤だったが、そちらを「夕照」に譲ったために、同じ桜の名所である飛鳥山が「暮雪」を描く舞台となった。「暮雪」とは本来、暮れなずむ川面に雪の舞いちる情景をさす。そうであるならば、音無川を描くべきところだが、絵師は川も橋も描きたくなかった。

ただ、全山雪に覆われた飛鳥山と、白い衣を纏った強靭な桜木を描きたいと、そうおもった。

下見も兼ねて訪れた先回は、満足のゆく下絵の完成と病で臥せた妻の快気を願い、山頂に登った。飛鳥山の石碑は撫で仏のようなもので、触れれば必ずや御利益があると、知人に吹きこまれたからだ。

なるほど、御利益はあった。「暮雪」は未だに描けていないかわりに、妻の病状がわずかながらも快復の兆しをみせた。

そのお礼もあり、縁起を担いで山頂の石碑に触るべく、今回も杣人の踏みかためた山径にとりついた。山の天気が変わりやすいことは承知していたし、丘陵に毛の生えた程度でも冬山が危ないことも知っていた。が、まさか、あれほど晴れていた空が一変してしまうとは予想だにできなかった。

山頂近くで一寸先もみえないほどの吹雪に見舞われ、気づいてみれば断崖へ追いつめられていた。

二進も三進もいかなくなったとき、ふいに黒い影が目の端を過ぎった。真横から棍棒で撲られたように感じ、右の太腿に痛みが走った。子牛ほどもある黒猪に、牙で突っつかれたのだ。

血走った目や鋭い牙を、はっきりと目に焼きつけたわけではない。どんと突っつかれた瞬間、左足を滑らせ、急斜面を滑落する途中で意識を失った。気づいてみると、ねじくれた灌木の幹に後ろ襟を引っかけ、案山子のようにぶらさがっていた。尻の真下には別の幹が殺ぎ竹のように突きだしており、一歩まちがえれば串刺しになっていた恐怖におののいた。

太腿の傷は、たいした傷ではない。ともかくも生きのび、こうして歩いている。ここが飛鳥山の周辺であることはあきらかだが、西の尾根なのか東の尾根なのか、麓なのか中腹なのか、見当もつかない。ひょっとしたら、王子権現の深い杜に迷いこんだのかもしれなかった。

飛鳥山は広大でも深淵でもない。吹雪さえやんでくれれば、たちどころに居場所はわかるだろう。しかし、今は白い闇に呑みこまれ、生死に関わる手懸かりすら失っていた。

それが、どれほど不安なことか。

絵師は生まれてはじめて、鼻先で死と向きあう恐怖を味わっている。是が非でも石碑に触れようなどと、どうしておもってしまったのか。

今さら悔いても後の祭りだ。

――飛鳥山何とよんだか拝むなり。

川柳にもあるとおり、碑文は難解なことで知られていた。

千三百本の山桜を植樹させた八代将軍吉宗の功績を讃えた内容だが、あまりに難解すぎて常人には判読できない。しかるべき記録によれば、成島道筑という儒者が吉宗の上意を受けて草案し、寺社奉行大岡越前守の命で服部南郭なる儒者が校閲をおこなったとある。

それだけでも、何やらありがたい。

絵師にも碑文は判読できなかったが、触れるだけでさらなる御利益があるのではないか。山頂までの道程が困難であればあるほど、妻の病も癒え、これぞという絵を描いてみせることができるのではないか。そんな気がしてならなかった。

お上の記録によれば、石材には江戸城吹上苑に配された紀州石が使われ、碑文は八丁堀に住む名工佐平次以下、下職十名の手で彫られたという。元文二年十一月に彫りあがった石碑は牛二十頭に曳かれて飛鳥山の麓まで運ばれ、人足三百人によって山頂まで引きあげられた。音無川の堰を見下ろす金輪寺にて牛の安全祈願がおこなわれ、石碑の建立が無事に終わったのち、人足たちは酒食を供されたと、記録には綴られていた。

そうした逸話だけが、眠りかけた頭に浮かんでは消える。

黒猪に襲われたことも、嘘のような出来事に感じられた。

あたりは次第に薄暗くなり、寒さはいっそう厳しくなっている。

――かさなるや雪のある山只の山。

また、あの句が浮かんだ。

いったい、誰の詠んだ句であったか。

死と向きあっていながらも、俳諧師の名をおもいだせずにうずうずしている。そんな自分が滑稽で情けない。

「おもいだせぬ」

死ぬのか、わしは。

心ノ臓まで凍りつかせて、死ぬのだろうか。

春が来れば、開花した桜のしたで骨になっているのか。

いや、骨にはならず、腐乱した惨めな屍骸を晒し、花見客の顰蹙を買うのだろう。

ふっ、それもよいか。

絵師はぎこちなく微笑み、眸子を閉じたまま歩きつづけた。

一寸先は何もみえず、眸子を開けても閉じても変わりはない。

さきほどから、同じところを堂々巡りしているような気もする。

だが、耳を澄ますと、微妙な風の流れを感じとることができるようになった。

風は荒々しく渦巻いているので、風上と風下の区別はつかない。

ただ、切りたった断崖の隙間から、岩膚を削るように吹きつけてくる風の流れが確かにあった。

導かれている。

そんな気さえした。

縋りつくべき一縷の光明をみつけ、勇躍、膝を繰りだす。

凍りついた耳を尖らせ、風の吹きだし口を探った。

慎重にすすむと、からだがふわっと浮きあがった。

閉じていた眸子を、静かに開ける。

左右に屛風岩のそそりたつ一隅に佇んでいた。

足下には小川がちろちろ流れ、耳を澄ませば微かに瀑布の音が聞こえる。

王子稲荷を取りかこむ七つ滝のひとつであろうか。

「弁天、不動、大工、見晴、稲荷、権現、名主……」

滝の名を呪文（じゅもん）のように唱えてみる。

すると、何かがふっと顔を向けた。

「あ」

雪に覆われた岩穴のうえに、猿（さる）が一匹うずくまっている。

こちらに背を向け、寒そうに何かを齧（かじ）っているのだ。

「うわっ」

猿が跳ねた刹那（せつな）、正面から突風が吹いてきた。

鬢（びん）を飛ばされかけ、腰を落として踏んばった。

頭を下げて汀（みぎわ）をすすみ、どうにか岩穴を通りぬける。

猿がいた。

黒松の大木が骨のような枝をひろげている。そのうえだ。小首をかしげ、蓑笠（みのかさ）まで凍りつかせた男を不思議そうにみつめている。

「お」

風避けの役割を果たす黒松の陰に隠れて、朽（く）ちかけた炭焼小屋が炊煙（すいえん）を立ちのぼらせている。

「ああ……助かった」

常世へ旅立つ者のように、絵師は長々と白い息を吐いた。

出迎えた女主人の顔は能面のように白く、虚ろな目でただじっとみつめられた。

絵師は疲弊しきっており、救いを求めて口をひらきかけた途端、土間にどっと倒れこんだ。

介抱されたときは、囲炉裏のそばに敷かれた黒い毛皮のうえに寝かされており、誰かに温かいものを口に入れてもらった感覚だけが残っていた。

「匙じゃねえぜ」

鼠に似た小男が、赤い鼻を近づけてくる。

「口移しさ」

乱杭歯を剝いて笑い、小男はみずからを「佐平次」と名乗った。

どこかで聞いたことのある名だが、おもいだせない。

「幸運な野郎だ。おめえはな、おろく姐さんの口移しで兎汁を呑ましてもらったんだぜ」

佐平次はそう言い、がらんとした部屋の片隅に顎をしゃくった。

おろくという名の女主人は痩せた背中をこちらに向け、手にした四角い包丁で冬菜を切っている。

うなじとふくらはぎが透きとおるほど白く、牝鹿なみに四肢は長い。

　蕾のようなくちびるが、絵師の脳裏にふっと浮かんだ。

　言われてみれば、そこはかとなく、くちびるの感触が残っている。

「御殿山の向こうに無量寺があんだろう。おろく姐さんは捨て子でな、今から三十数年前、寺の山門脇に捨てられていたんだとよ」

　捨て子をくるんだ産着の襟には、震えたような稚拙な字で「南無阿弥陀仏」と書かれていた。

「無量寺といやあ、六阿弥陀詣での札所だ。本堂にゃ偉い坊さんの彫った阿弥陀さんが祀られている。無量寺の阿弥陀さんにあやかってな、捨て子はおろくと名付けられた。へへ、縁起でもねえ名さ」

　佐平次は囁きながら、酒臭い息を撒きちらす。

　おろくは聞こえていないのか、振りかえろうともしない。

「聞こえちゃいるが、口は利けねえよ」

「え」

　そういえば、戸口で素姓を聞かれなかった。

「姐さんは若えころ、その器量は駿河随一と言われたほどの遊女だった。ところが、情を通わせた廻船問屋の放蕩息子に騙され、足抜けをしちまったんだ。廓のあった三島から西へ流れてゆく途中、蒲原の宿で捕まってな、ひとりでまんまと逃げおおせた情夫の落ちつくさきを知っていたにもかかわらず、姐さんは口が裂けても吐かなかった。凍えちまうほど寒い師走の夜だったらしい。裸に剝かれて手足を縛られ、酷い仕打ちを受けたあげく、仕舞いには自分で舌を咬みきっちまったのさ。へへ、すげえはなしだろう」

絵師はことばを失っていた。

奇妙な因縁を感じずにはいられない。駿河路の蒲原と言えば、さきごろ刊行を終えた『東海道五十三次続絵』で雪の夜景を描いた唯一の宿場にほかならなかった。駿河湾に面した温暖な宿場に雪が積もるはずはないのだが、人家も山も何もかもがすっぽり雪に覆われた景色を描いてみたかった。それもあって、蒲原は忘れられない宿場の名であった。ここが王子稲荷の杜ならば、文字どおり、狐につままれたようなはなしではないか。

「おめえは運がいい。この吹雪じゃ一寸先は三途の川だ。丘に毛の生えた程度の飛鳥山でも、ひと冬に何人かは死ぬんだぜ。ここにゃ怪我人どもがやってくる。おいらもこのとおり、右脚を怪我しちまってな。へへ、刃物傷だぜ」

自慢げにみせられた太腿の傷は長さで三寸はあろうか、癒えかけた肉が捩れて黒ずみ、百足が股間のほうへ這っているようにみえる。

「十日前さ。町でちょいとしたいざこざに巻きこまれてな、九寸五分でぐさりと刺されたのよ」

どう眺めても、刺された傷ではない。浅い切り傷だ。

「刺したな誰だとおもう。稲荷の又八っていう南八丁堀の岡っ引きだぜ。捕めえた盗人の女房を女郎屋に売っぱらうような蛆虫でな、おいらが十手を搦めとったら、匕首を抜きやがった。くそったれめ、あの野郎、そのうちに寝首を掻いてやらあ」

憎々しげに吐きすて、佐平次はがぶっと酒を呑む。

「ところで、おめえは何者だ。枕探しか、それとも、騙りか。どうせ、つまらねえ小悪党なんだろう」

ふと、おろくも手を止めた。聞き耳を立てているのだ。

「絵師だ」

掠れた声で発すると、佐平次はのどにものを詰まらせたような顔をした。

「するってえと、おめえは、わ印を描く枕絵師か」

「生活を立てるために、枕絵を描いたことはある」

「やっぱしな。ちんけな危な絵を一枚描いちゃ、助平な田舎侍に高直で売りつけんだろうよ」

「いいや、下絵はそれ相応の値で版元に買いとってもらった。ただし、食えぬころのはなしだ。今は名所絵を描いている」

「ぷっ、名所絵だと。東海道五十三次とか、くそおもしろくもねえ絵を描いてるってのかい」

「そのとおりだ」

「嘘をつくんじゃねえ」

「嘘ではない」

佐平次は顔を近づけ、濁った眸子で睨みをきかせる。

「ふうん、どうやら嘘じゃねえらしい。おいらは相手の目をみりゃ、嘘をついてるかどうか、たちどころにわかるんだ。おめえ、正真正銘の絵師なのか。だったら何で、飛鳥山なんぞに来やがった」

「暮雪を描きたかったのだ」

「暮雪、何だそりゃ」

「江天暮雪、夕暮れの川面に六花舞う景色のことだ」

「ふうん、絵を描くつもりが、猪に突っつかれ、崖から足を滑らせた。命拾いをしたはいいが、吹雪のなかを半日余りも彷徨いつづけ、ここにたどりついた。そういうわけかい」

「ああ、そのとおりだ」

「けっ、怪しいもんだぜ」

佐平次は押し黙り、苦い顔で酒を舐めた。

おろくは時を刻むように、包丁で俎板を叩きつづける。

しばらくすると、外は漆黒の闇と化した。

風は吼え、吹雪はおさまる気配もない。粗朶が囲炉裏で、ぱちぱち音をたてている。

ふと、包丁の音が止まった。

丸木の扉が軋み、蓑笠を着けた老人がはいってくる。

「あ、曾角じゃねえか」

佐平次に声を掛けられ、老人は眠たそうな眸子を向けた。

「ふん、こそ泥の佐平次か」

「てめえこそ、俳諧師に化けた枕探しだろうが」

曾角と呼ばれた老人は佐平次を無視し、おろくに向かって目尻をさげた。

「おろく姐さん、ご無沙汰しております。かれこれ、半年ぶりになりますかな。昔馴染みは何人か逝きましたが、猿蓑の宿だけは無くならずに、ちゃんと残っていてくれる」

山小屋には「猿蓑」という名があるらしい。

ここに導いてくれた猿にちなんだ名であろうか。

おろくは濡れた蓑笠を預かり、土間の奥に引っこんだ。

曾角老人は囲炉裏端に腰を落ちつけ、こちらに鋭い一瞥をくれる。

「佐平次、そちらのお方は」

「絵師だとよ。飛鳥山で猪に突っつかれ、崖から落ちて気を失い、吹雪のなかを彷徨ったらしいぜ。ふん、これもんのはなしだがな」

眉に唾を付ける佐平次を尻目に、曾角は冷えきった両手を火に翳す。

「なるほど、猪ですか。ん、一句浮かんだぞ。猪の首の強さよ年の暮」

老人の皺口から漏れた発句に、絵師はすかさず応じた。

「もし、その句は誰が」

「凡兆じゃよ。獄中で詠んだ一句でな」

「獄中句」

「凡兆は芭蕉が京で見出した弟子じゃ。金沢で生まれ、京に上って医業に携わった。五十を過ぎて知人の犯した罪に連座し、五年も獄中に繋がれた。性分は強情で負けず嫌い、見掛けはずんぐりむっくりとした猪のような男でな、眉間に白毫のごとき疣があったとか」

「眉間に疣」

やけに詳しい。聞けば、曾角という老人の名も、芭蕉の高弟である曾良と其角から一字ずつ拝借したものだという。

「凡兆が猪を詠んだ句は、もう一句ある。お教えいたそうか」

「お願いいたします」

「炭竈に手負の猪の倒れけり。これは猿蓑の巻之一に選ばれた一句じゃ」

芭蕉七部集にも撰定された『猿蓑』は、人口に膾炙した発句集である。曾角によれば、元禄三年の夏、四十七歳の芭蕉が奥の細道の旅から帰ったあと、編者でもある京の凡兆邸にて編まれたという。巻之一に詠まれた季節は冬。冬夏秋春の順で編まれた『猿蓑』に撰集された俳諧師の数は百八人、とりもなおさずそれは煩悩の数にほかならない。

「ぬふふ、凡兆の詠んだ猪とは、おまえさんが尻に敷いている猪のことじゃよ」

絵師は戯れ言を聞き流し、思案顔で身を乗りだす。

「凡兆は何ぞ、冬景色を詠んでござらぬか」

「それなら」

と、曾角は襟を正す。

「ながながと川一筋や雪の原」

「いや、ちがう。それではない」

「なら、知らぬ」

「かさなるや雪のある山只の山、という句なのだが」

「ああ、それは阿羅野（あらの）に載っておる句じゃな。たしかに、凡兆の詠んだ句にまちがいない」

「やはり、そうか」

胸のつかえが、やっと取れた。

「その句が、どうかしたのかね」

「別に。ただ、耳から離れぬというだけで」

「誰がその句を詠んだのか、どうにも気になって仕方ない。ふむ、そうしたことはよくある。ひょっとしたら、凡兆の詠んだその句が、おまえさんをここに呼びよせたのかもしれぬ。この小屋は猿蓑の宿と呼ばれておる。名付け親はこのわしでな、おろく姐さんにも気に入ってもらった。猿蓑と言えば凡兆、凡兆と言えば猿蓑じゃ」

曾角老人は納得顔でうなずき、兎汁を美味（うま）そうに啜（すす）った。

おろくはあいかわらず、包丁で俎板を叩いている。

何やら、妙な連中ばかりが集まってくる。

この小屋はいったい、何なのだろう。

絵師は首を捻った。


夜も更けたころ、ぎぎっと丸木の扉が軋み、大男がのっそりはいってきた。

「あ、吉松の兄ぃ」

と、佐平次が叫んだ。

大男は返事もせず、重そうな荷を引きずっている。

荷ではない。ひとだ。血だらけの怪我人であった。

「胸を袈裟懸けに斬られた。姐さん、急いで手当を」

怪我人は担ぎこまれ、黒猪の毛皮に横たえられた。

さきほどまで、絵師が座っていた毛皮のうえだ。

着物は血だらけで、左肩から右腹に掛けて、すっぱり斬られている。

金瘡を見定めたわけではないが、斬った相手はまず、侍にまちがいない。辻斬りでないとすれば、斬られる理由があったということになる。

おろくが慣れた仕種で手当をしているあいだ、吉松は仏頂面で囲炉裏に薪をくべていた。

佐平次はひとことも喋らず、怯えた鼠のように隅っこで縮まっている。

曾角は気難しい顔で、呪文のようなものをぶつぶつ唱えはじめた。

炎に照らされた皺顔は修験者のようで、薄気味悪い。

ぱちぱちと、粗朶が音をたてた。

自在鉤に吊された兎鍋から、濛々と湯気が立ちのぼっている。

「おめえ、何者だ」

唐突に、吉松が野太い声を掛けてきた。

小屋の空気がぴんと張りつめ、重苦しい沈黙が流れる。

沈黙に潰されそうになったとき、おろくが背後から影のように近づいてきた。

修験者のごとき曾角を睨み、身振り手振りで説明しろと促す。

曾角老人は我に返り、吉松に向きなおった。

「そのお方は絵師じゃ。飛鳥山で猪に襲われ、崖から足を滑らせたらしい」

「絵師か。なるほど、討手にしちゃ薹がたちすぎてるとおもったぜ。大小の備えもねえしな。ふん、虎口に迷いこんだ兎のようなもんか」

「ふへへ」

佐平次がへらついた調子で、横から口を挟む。

「兎にしちゃ可愛げがねえや。煮込んで食っても不味かろうぜ」

「うるせえ、軽口を叩くんじゃねえ」

吉松はすさまじい剣幕で一喝し、汁をたてつづけに三杯たいらげると、無精髭にまみれた顎を突きあげた。

「姐さん、おれは今晩じゅうに始末をつけなきゃならねえ。三州屋のやつに引導を渡す。積年の恨みを晴らしてやるのさ。明け方までにゃ帰えってくる。絵師をどうするかは、そんときまで考えとくよ。どのみち、吹雪は朝までやまねえ。逃げたくても、逃げられやしねえさ」

吉松は腰をあげ、三尺はあろうかという腰反りの強い段平を帯に差すと、どこかへ「始末」をつけに出向いた。

扉の向こうには、闇がぽっかり口を開けている。

小屋に静寂が戻ると、佐平次は「ちっ」と舌打ちをかました。

「でかぶつめ、いけすかねえ野郎だぜ」

おろくと曾角は、気を向けようともしない。

聞こえてくるのは、怪我人の苦しげな息遣いだけだ。

絵師は睡魔に襲われ、深い眠りに落ちた。

どれだけ眠ったであろうか。

「ぬぎゃああ」

恐ろしい悲鳴に叩きおこされた。

菜切り包丁を手にした怪我人が、囲炉裏のそばで暴れている。

「やめろ、正気になれ」

曾角が怒鳴りつけ、おろくが腰に縋(すが)りつく。

佐平次はといえば、部屋の隅で呆然(ぼうぜん)とみつめていた。

絵師は囲炉裏を飛びこえ、斜(なな)め横から怪我人の肩に組みつく。

「ぬおっ」

床に倒した拍子(ひょうし)に、包丁を奪いとった。

怪我人は横たわったままくの字になり、小刻みにからだを震わせる。

白目を剝き、口から泡を吹き、口端から長い舌をだらりと垂らした。

おろくは屈(かが)みこみ、布きれを怪我人の口に押しこむ。

「ぬう……」

怪我人は首筋の血管を浮きたたせ、両手で空をつかんだ。

背中を弓なりに反らしたきり、ぴくりとも動かなくなる。

おろくは首筋に触れて脈をたしかめ、静かに首を振った。

「死んだのか、おい、死んじまったのか」

佐平次は這いつくばり、目玉を剝いて唾を飛ばす。

おろくは表情も変えずにうなずき、声をあげずに経を唱えつつ、蒼褪めた顔をこちらに向けた。

――おまえさんが気に病むことはない。

目顔で、そう訴えている。

どのみち、助かる見込みはなかった。朝になれば冷たくなる運命だったとでも言いたげだ。

「いいのか、それで」

絵師が問うと、おろくの代わりに曾角がこたえた。

「吉松も承知しておったただろうさ」

助からないとわかっていながらも、一縷の望みを捨てきれず、猿蓑の宿まで担いできたのだ。

「なにせ、このほとけは血を分けた弟じゃからな」

「え」

名は捨松(すてまつ)、ふたりは仲のいい兄弟だった。

「死ぬとわかっておっても、置き去りにはできなかったのじゃ」

絵師は溜息(ためいき)を吐いた。

兄弟の正体を、あらためて問うこともあるまい。辻強盗か、蔵荒らしか、どうせ、兇状(きょうじょう)持ちにきまっている。こうなれば、おろくのことも山小屋のことも、何ひとつ知らないほうが身のためだ。

「賢いな」

と、曾角が笑う。

「そうじゃ。何ひとつ聞かぬほうがいい。何かを知れば、それだけ、おまえさんの命が縮まる」

「脅(おど)すのか」

「真実(まこと)を言ったまででじゃよ。吉松は身を守るためなら何だってする。自分の領分に踏みこんできた相手には容赦(ようしゃ)せん。おまえさんを襲った猪と同じでな、食うか食われるかの瀬戸(せと)際(ぎわ)で生きておるのさ」

絵師は身近に死を感じ、むっつり黙りこむ。

「さあ、ほとけを裏に運ぶとしよう。いや、おまえさんは手伝わなくてもいい。捨松の屍骸は、わしとおろく姐さんで片付ける」

曾角とおろくが捨松を運ぶかたわらで、佐平次はがたがた震えていた。


毛皮の褥に横たわっても、眠ることなどできない。

あいかわらず、小屋を揺らすほどの強風が吹きあれ、風音に心ノ臓を剔られるおもいだ。

時折、それは死者の慟哭に聞こえた。胸を斬られた男が成仏できずに泣いているのだ。

熾火の燃える囲炉裏のそばで、おろくと佐平次が抱きあっている。

ただ、温まりたいだけのために、ふたりは肌と肌をかさねていた。

「察しは付いているとおもうが、ここは盗人の集う地獄宿じゃ」

曾角が耳許で囁いた。

寝たふりをしても、意地の悪い偽俳諧師は喋りをやめない。

「一句詠んで進ぜよう。雪しまき猿差しまねく地獄宿……ふふ、どうじゃ。猿蓑の意味するところは隠れ家よ。おろく姐さんは地獄宿の番人、わしらにとっては普賢菩薩じゃ」

盗人にとってここは極楽、けっして地獄などではない。世間から背を向けられ、外に弾きだされた者たちだけが、癒しを求めてやってくる。

佐平次も、女の肉を貪りもとめているのではなかった。

普賢菩薩の腕に包まれて、静かに眠りたいだけなのだ。

波のうねりにも似た男女の息遣いを聞きながら、絵師はそうおもった。

どうやら、覗いてはいけない暗闇に紛れこんでしまったようだ。

ふたりはいとなみをやめ、獲物を狙う山狗のようにじっと息を潜めた。

おろくは着物を羽織って立ちあがり、佐平次は胡座をかいて粗朶を折りはじめる。

「おめえは邪魔者だ」

佐平次が、ぼそっと吐きすてた。

「吉松の兄ぃも、きっとそう考えているはずさ。朝になったら、おめえは小屋の裏に連れてゆかれ、薪みてえに脳天をかち割られるんだ。ふへへ、恐えか。三年前にもひとりいたっけな。あれはたしか、薬売りの行商だった。おめえより、ずいぶん若かったぜ。三十そこそこの生真面目な優男だ。そいつもおめえ同様、吹雪に遭って道に迷い、猿蓑の宿に紛れこんできた」

座して死を待つか。それとも、極寒地獄のなかに飛びだすか。行商はぎりぎりの決断を迫られた。

「それで、どうなったとおもう。何と、そいつは奥の手を使って生きのびちまったんだよ」

「奥の手」

「聞きてえか。へへ、教えてやらねえよ」

からかわれていることは、わかっている。

だが、死への不安は膨(ふく)らんでゆくばかりだ。

教えてもらえるものなら、奥の手を教えてほしい。

おろくが頰(ほお)を火照(ほて)らせ、燗酒(かんざけ)を盆(ぼん)に載せて運んできた。

――からだが温まるよ。

目顔で、そう喋りかけてくる。

「すまぬ」

絵師は酔いたい気分だった。

おろくは銚釐(ちろり)を提げ、ぐい呑みに注いでくれる。

ひといきに呑みほすと、熱いものがのどを焼き、胃袋を溶かしていった。

「極楽の美酒じゃろう」

曾角の言うとおりだ。

「わしが教えてやろう。三年前に転がりこんできた行商とは、そこに座っておる小悪党のことさ」

「え」

佐平次は行商をやめ、地獄宿の住人になった。

「盗人に堕ちることで、命を長らえたというわけじゃ。ふん、地道に生きてゆくのが嫌になったのじゃろう。おまえさん、女房子どもはあんのかい」

「ある」

「それなら、捨てる覚悟がいる。親や友も捨て、絵師で得た名声も捨てなくちゃならぬ。これを機に生まれかわるのさ。それが天命かもしれぬぞ」

「天命」

「そうじゃ。おまえさんは今夜を境に、この世のしがらみから解き放たれるのじゃ。ついでに、名も変えりゃいい。すっきりするぞ」

何とも、蜜のような誘いに聞こえた。

微笑むおろくの顔が、本物の菩薩にみえてくる。

牙を剝いた猪は、菩薩の眷属だったのかもしれない。世を捨てる決断を促すべく、使者となって訪れたのだ。

それにしても、おろくのすがたは神々(こうごう)しい。

つねに気高く、凛(りん)としている。

花に喩(たと)えてみれば、山百合(やまゆり)か。

少し呑みすぎたようだ。酔いがまわってきたらしい。

「おぼろの伊蔵(いぞう)、その名におぼえはないか」

曾角がまた、囁きかけてきた。

「当代一の大泥棒じゃが、世間に名を知られてはおらぬ。なぜだか、わかるか。千代田(ちよだ)城の御金蔵を破ったからさ。うん万両にのぼる御用金をあっさり盗まれたお上は、面目を保つべく、御金蔵が破られた事実を隠さねばならなかった」

絵師は耳をふさぎたくなった。

余計なはなしを聞けば、命は風前の灯火(ともしび)となる。

「くふふ、まあ聞くがよい。伊蔵の顔は人相書にもなったが、ほんとうの顔は誰も知らぬ。唯一、恋女房(こいにょうぼう)のおろく姐さんだけが知っているのよ。盗み金と手柄を欲する連中が、伊蔵の潜伏先を聞きたがる。そうした阿呆(あほう)どもを、わしらは始末しなくちゃならねえ」

気持ちが、ずんと重くなった。

「さあて、与太話はこれくらいにしておこう。おまえさんは、おろく姐さんに救われた。

その恩に報いる気があんなら、見ざる聞かざる言わざる、口を噤(つぐ)むこった」

曾角は黙った。

おろくは粗朶を折り、佐平次は鼾(いびき)をかきはじめる。

ふたたび、絵師は眠りに落ちた。


夜が明けた。

あいかわらず外は吹雪(ふぶ)いているが、風は弱まってきたようだ。

蓑笠を着けた男が丸木の扉を開け、寒そうに踏みこんでくる。

「うえっ、来やがった」

佐平次は仰天し、部屋の隅に隠れようとする。

「おっと、待ちやがれ。どぶ鼠め、何も逃げることたあねえだろう」

男は背中の十手を引きぬき、曾角を睨みつける。

「そこにいるなあ、邯鄲師(かんたんし)の爺(じじい)だな。ふん、上方から戻ってきやがったか」

黙りこむ曾角を嘲笑(あざわら)い、岡っ引きは絵師のほうに向きなおる。

「おれは稲荷の又八ってもんだ。南八丁堀の岡っ引きさ。てめえは何者だ」

「絵師ですよ。もっとも、定火消同心(じょうびけしどうしん)と二足の草鞋(わらじ)を履(は)いておりましたがね」

「ほう、定火消の旦那ですかい。そいつはどうも、おみそれしやした。でも何で、旦那が地獄宿なんかに」

「迷いこんでしまったのです」

「そいつは運のねえこって」

　おろくが、つっと身を寄せてきた。

「よう、おろく。吉松のやつは帰えってこねえぜ。あの野郎は鉄砲洲の三州屋に殴りこみをかけ、腕の立つ用心棒の手で返り討ちにされやがった。舎弟の捨松と同じ運命よ。でもな、さすがに、おぼろの伊蔵が見込んだ野郎だけのことはある。吉松はただじゃ死ななかったらしい」

　三州屋の主人である嘉右衛門に瀕死の傷を負わせ、これで恨みは晴らしたと大笑しながら割腹したという。

「どんな恨みかは知らねえが、嘉右衛門は四十の手前で廻船問屋仲間の肝煎りにまでなった人物だ。若えころは箸にも棒にもかからねえ放蕩者でな、廓の女を足抜けさせたあげく、駿河路のどこだかの宿場に捨てたこともあったとか。相当に腹黒いやつだって噂は聞いていたがな、おぼろ一味の恨みを買ったのが運の尽きというわけさ。まあ、悪党の最後なんざ、惨めなもんだ。ともかく、吉松はやってのけた。おおかた、屍骸は塩漬けにされ、市中引きまわしのうえ磔獄門だろうよ」

おろくは佇んだまま、顔色ひとつ変えずに聞いている。

又八は肩を怒らせ、喋りつづけた。

「吉松の代わりに、おいらが来てやったのさ。どうして、ここが知れたって。聞きてえのか。へへ、そこで震えてるどぶ鼠に聞いてみな」

ふいに水を向けられた佐平次は、必死の形相で首を左右に振る。

「お、おれは知らねえ。何も知らねえ」

「佐平次よ、このはなしを持ちかけたな、おめえのほうだろう。おぼろ一味は猿蓑の宿に盗み金を隠してる。そいつを頂戴して山分けしようと言ったな、おめえだよな。おれはよ、おめえみてえな裏切り者がでえ嫌えでな、おぼろ一味の隠れ家さえ聞きだせりゃ、どぶ鼠に用はねえんだ。わざわざ、てめえで腿を傷つけ、怪我人を装ったのもやり損だったってことさ」

「抜かせ、この蛆虫め。姐さん、あいつの言ってることは嘘っぱちだ。おいらは裏切っちゃいねえ。頼む、信じてくれ」

おろくの代わりに、曾角が叱りつけた。

「うるせえ、黙ってろい」

「ほう。よぼの爺のわりにゃ、威勢がいいじゃねえか」

又八はようやく蓑笠を取り、上がり端にどっかと座りこむ。

「でもな、おめえみてえな雑魚に用はねえんだ。おれはおろくに用がある。おめえがよ、おぼろ一味の舐め猫だってのは知ってんだぜ。舐め猫ってのは盗人の引き込み役だ。おめえは、そんじょそこらの舐め猫とはわけがちがう」

金満家の気を惹き、本妻になりすまして二年、三年と家業に精を出し、生来の才覚でさんざ稼がせてやったあげく、身代をごっそりいただいてしまう。

「口が利けねえくせに、それだけの芸当をやってのけるんだ。まったく、盗人の鑑だぜ」

又八は十手の先端で床を軽く叩き、上目遣いにおろくを睨む。

「おいらがここにやってきた理由は、わかってんな。おろくよ、伊蔵はどうしたい。上州でくたばったって聞いたが、おれは信じちゃいねえ。伊蔵は生きてんだろう。恋女房のおめえなら、知らねえはずはあんめえ」

やはり、曾角も言っていたとおり、地獄宿の女主人は大泥棒の恋女房ということになる。おろくは蒲原宿で舌を失って生きのびたあと、さらに数奇な人生を歩んできたのだろうか。

「親分」

口を結んだおろくの代わりに、曾角が口をひらいた。

「伊蔵のおかしらは半年前、高崎城下の外れで殺られちまったんですよ。殺ったな、けちな賭場荒らしでね。なにしろ、わしがこの目でみたんだから、これ以上確かなはなしはありませんぜ」

「てめえのはなしが信じられっか。でえち、あれだけのことをしでかした天下の大泥棒が、賭場荒らしごときに殺られるわけがねえや。伊蔵は千代田城の御金蔵を破り、うん万両の慶長小判を盗みやがったんだぜ」

　お上の面目は丸潰れ、町方が血眼になって捜しても行方は杳として知れず。時折、どこかの城下に出没したという噂だけは、まことしやかに囁かれていた。

「なあ、おろくよ、伊蔵は生きてんだろう。おめえが隠してえ気持ちはわかるがな、ここいらへんで居所を喋っちゃくれねえか。おめえがその気になってくれりゃ、わるいようにゃしねえ。伊蔵をとっつかめえることができたら、おめえのことは見逃してやってもいい。この隠れ家のことも胸の裡に仕舞っとく」

　おろくは声を出さずに笑い、曾角も笑った。

「くふふ、親分。おめえさんの狙いは盗み金なんだろう。だから、誰にも言わずに、ひとりで来たんじゃねえのか」

「ああ、そうさ。おれは盗み金が欲しい。でもな、それと同じくれえに手柄も欲しいのよ。

おれはどうしても、伊蔵に縄(なわ)を打ちてえんだ」

又八は息巻き、懐中から人相書を取りだした。

人相書が風に吹かれ、ひらひら飛んでくる。

「うっ」

一目するなり、絵師はぎょっとした。

人相書に描かれた伊蔵の顔は険悪そのもので、ずんぐりした猪首(いくび)の持ち主にほかならず、しかも、眉間には白毫のような疣が見受けられた。

「ふん、猪みてえな野郎だろう。そいつが、おぼろの伊蔵さ」

いや、ちがう。これは曾角の語った獄中俳人、凡兆の風貌(ふうぼう)ではないか。

絵師は胸の裡で、何度も首をかしげた。

どういった経緯(いきさつ)で、人相書は描かれたのだろうか。

しかし、憶測しても詮無(せんな)いことだ。

おろくは小首をかしげ、何をおもったか、又八を手招きする。

日和下駄(ひよりげた)をつっかけ、裏口からそそくさと外に出ていった。

「何でえ、そっちに何があるってんだ」

又八は舌打ちをし、おろくの背中を追ってゆく。

岡っ引きの背中が消えると、曾角はにんまり笑った。

「針に掛かったな、あの野郎」

その台詞を聞きつけ、佐平次が顔色を変える。

「爺、そいつはどういうこった」

「裏切り者にゃ教えねえよ」

「あんだと、この野郎」

佐平次は懐中から匕首を抜いた。

刹那、裏口に男の悲鳴が響いた。

「ぬぎぇっ」

絞められた鶏のような声だ。

裏木戸が開き、おろくが音もなくはいってくる。

「うわっ、捨松」

佐平次が腰を抜かした。

おろくの背後には、死んだはずの捨松が控えている。

捨松の手には、血の滴る菜切り包丁が握られてあった。

「こ、こいつはどういうこった」

佐平次は狼狽え、曾角に救いを求める。

すべてを承知している曾角は、のんびりと応じた。

「填めたのさ。阿呆な岡っ引きと、岡っ引きに魂を売った小悪党をな」

「あんだって」

「おめえは、はしっこい野郎だ。ここまで手の込んだ芝居を打たなきゃ、勘ぐられるとおもってな。へへ、あらためて聞くまでもねえが、てめえ、裏切ったんだろう」

「しょ、しょうがなかったんだよ。差し口をすりゃ命だけは助けるって、蛆虫野郎がそう言ったんだ。許してくれ、頼む、後生だ」

「命だけは助けてやる。だがな、そのよくまわる舌だけは、勘弁ならねえ。捨松、引っこ抜いてやりな」

「うわっ、やめろ、やめてくれ」

佐平次は匕首を捨て、戸口に向かって駆けだした。

ふわりと丸木の扉が開き、大男がぬっと顔を出す。

「ぬひぇっ」

吉松であった。

有無を言わせず、佐平次の胸倉をつかむや、裏手へ引きずってゆく。

吉松もまた、ちゃんと生きていたのだ。

おろくを蒲原の宿で捨てた三州屋の若旦那に引導を渡し、又八には自分が死んだとおもいこませ、無傷で戻ってきた。

すべては、胴欲(どうよく)な十手持ちと裏切り者を葬るための芝居だった。

「ぬぎぇえぇ」

裏口から、佐平次の悲鳴が聞こえてくる。

つぎは、自分の番だ。

「どうする、姐さん」

曾角が低い声で言った。


——暮雪をまだ描いていないんだろう。

それが命を助けられた理由(わけ)らしいが、信じることはできなかった。

四半刻前までは、死を覚悟していたのだ。

夢をみているのだとすれば、どこからが夢なのかも判然としない。

——晴れたよ。ほら、お行き。

おろくは戸口に佇み、少しだけ微笑むと、すぐに能面のような顔に戻った。

いつのまにか、外は晴れている。

――早くお行きよ。

おろくは、背中を押してくれた。

――ここは世間に住めない連中の吹きだまりさ。おまえさんの来るようなところじゃない。

絵師は小屋を出て歩みだし、何度も後ろを振りかえった。

見送る者はいない。

正面に構えた岩穴のほうから、馬に荷を積んだ旅装束の男がひとりやってきた。

すれちがいざま、たがいに会釈(えしゃく)をする。

見知らぬ男だが、兇状持ちであることはあきらかだ。

安息の場を求めて、猿蓑の宿へやってきたのだろう。

――ひひぃん。

馬が胴震いした。

世間から弾かれた者の向かうところは、地獄宿か、さもなければ彼岸しかない。

地獄宿の掟(おきて)を破ろうとする者は、どんなことがあっても排除しなければならなかった。

そうでなければ、淋(さみ)しい連中が行き場を無くす。

おぼろの伊蔵とは、おろくのつくった偶像なのではないかと、絵師はおもった。

伊蔵の威光は、闇の世に秩序をもたらしている。伊蔵を隠れ蓑に使うことこそ、女盗賊が盗人一味を束ねてゆくうえで、どうしても必要な手管なのかもしれない。

伊蔵はこの世にいない。おろくこそが伊蔵なのだ。

岩穴を通りぬけると、全山雪に覆われた飛鳥山が手の届くところにみえた。

ふと。

『猿蓑』巻之一の巻頭を飾った芭蕉翁の発句が浮かんだ。

「初しぐれ猿も小蓑をほしげなり」

振りかえれば、岩穴のうえに、一匹の猿がうずくまっている。

忙しなく毛繕いをする仕種が、何やら妙に愛おしかった。

芝浦晴嵐（しばうらせいらん）

江戸近郊
八景之内
芝浦晴嵐

潮が満ちてきた。

沖には漁舟が舫っている。

風はない。海は寝静まり、縄手に沿って植えられた松の木も押し黙ったままだ。

傾きかけた陽光が波を煌めかせている。

六丁櫓の乗合船に乗る連中は、品川の岡場所へ繰りだす遊客であろうか。

蒼海を隔てた遥か向こうには、安房や上総の陸影をのぞむことができる。

浜辺では平目を踏んだ芥子坊主がぷっくりした腹を抱えて笑い、大人たちも坊主の洟垂れ顔を指さしながら大笑いしている。綿帽子をかぶった御殿女中は水に浸かるのが恐いのか、若い船頭に背負われてゆく。船頭は鼻歌を歌い、娘は顔を赤くしてうつむいていた。

あのふたり、どうにかならぬものかと、悪戯心が疼きだす。

身分のちがう男女でも、若さゆえに結ばれる顚末もあり得よう。娘の双親に引き裂かれる宿命ではあるにせよ、一生に一度くらい、寄せては返す白波に身をまかせるのも一興ではないか。

「なあ、娘」

と、絵師は綿帽子に語りかけてみる。

桜色の着物を纏う痩せた娘の背中が、糸遊のように揺れながら遠ざかってゆく。

小さな熊手や鎌を手にした嬶ァたちも、蛤や浅蜊の詰まった魚籃をぶらさげ、三々五々、満足そうに散っていった。

水はひんやりとして心地よい。くるぶしまで浸ってしまえば、あれよというまに膝頭まであがってくる。

「おっかさん、早く早く」

杭に繋がれた百文舟のうえで、五つばかりの幼子が叫んでいる。

「待っていなよ、いい子だから」

逞しい二の腕と太腿を晒した母親は名残惜しげに蛤を探しつつ、にっこり笑って応じるものの、幼子は母の身を案じて泣きべそをかきはじめる。

のどかな光景であった。

弥生清明、大潮の潮干狩りを絵にしたいなら、芝浦まで足を運べばいい。

うららかな春の日差しを浴びながら、裾を端折って波打ち際に佇めば、想像を超えた何か抗いがたいものに搦めとられ、母の胎内のような奥深いところへ引きずりこまれてゆく、快感を味わうことができるだろう。

いつぞやか、皺顔の海女から殻付きの牡蠣を貰ったことがあった。

つるっと口にふくんだ途端、潮の香が口いっぱいにひろがり、何とも艶めいた舌触りに驚いていると、薄膜を破って滲みでたほんのり甘い汁が淫らな愉悦をともなって咽喉に流しこまれた。ただ生牡蠣を食すだけのことが、秘密めいた儀式であるかのように感じられ、罪深いおもいにとらわれた。海女の魂を丸ごと呑みこんだのだと、そんなふうにおもった。

我に返ると、海女は消えていた。

もしかしたら魚籃観音の再来かもしれぬと察し、経を唱えながら観音堂へとつづく坂道を上っていった。

今から十六年前、八歳になった養子の仲次郎に家督を譲り、後見役の番代として定火消同心の役目に勤しむかたわら、合巻の挿絵や扇面の役者絵などを描いていたころのはなしだ。

爾来、幾度となく、三田の魚籃観音堂を訪れるようになった。

先月四日、香華絶えぬ泉岳寺の四十七士の墓参りに訪れた際も、雪の残る伊皿子坂を上り、逆茂木の黒板塀に囲まれた観音堂の三門を潜った。そのとき何を祈ったか、あるいは何をおもったか、いずれも定かではないものの、四十三になったこの年までつつがなく生きながらえたことに感謝の念をおぼえたことだけはまちがいない。

絵師は十年来の友と逢うべく、今日も伊皿子坂を上っていた。

雲間に入る雁が音に振りむけば、雁ではなく、気の早い燕が一羽、空を斬るように飛んでいる。

「吉兆やもしれぬ」

少し風が吹いてきた。

茜雲はちぎれて海に溶け、白波を朱に染めている。

もはや、浜辺に人影はない。あれだけの人がひとりのこらず、波にさらわれたかのように消えてしまった。

絵師はほっと溜息をつき、向きなおってまた歩きだす。

持ちあげようとした足が、鉄下駄でも履いたように重く感じられた。

蘆屋孫六は、賽銭箱の脇で待っていた。

恵比須のようにふくよかだった顔は青黒く窶れ、ひょろ長いからだつきは深瀬に立つ澪標のようだ。年はまだ四十を過ぎたばかりのはずだが、両鬢には霜が混じり、しばらく逢わぬまに、ずいぶん老けこんでしまっている。

孫六は日本橋の通油町で書肆を営んでいた。十年前、師匠歌川豊広の葬儀で知りあって以来の仲だが、この三年というもの、逢う機会を逸していた。どちらからともなく、避けていたと言ったほうがよいかもしれない。

「やあ、待ったかい」

気軽に声を掛けると、孫六は済まなそうにお辞儀をしてみせた。

「いいえ、今さっき着いたばかりで」

「芝浦の海を描いていたら興が乗ってね、それで遅くなってしまった」

「ご精が出ますな。刊行から四年も経っておるのに、東海道五十三次の名所絵はあいかわらず売れておりますよ」

「手軽な江戸土産だからさ」

「今は何をお描きに」

「八景ものをね。版元は江戸近郊に新名所をつくりたいらしい。子の方角は飛鳥山、酉は石神井川に架かる小金井橋、午は羽根田の干潟、艮は北十間川から向こうの吾嬬杜、さらに巽は行徳といった塩梅さ。芝浦はたしかによいところだが、日本橋から一里と少しで着いてしまう。はたして、それが近郊と言えるのかどうか」

「画題は何です」

「晴嵐(せいらん)」

「ほう、芝浦晴嵐ですか」

孫六は、意外そうに首をかしげる。

「妙ですな」

晴嵐とは本来、霞(かすみ)たなびく山里の静謐(せいひつ)な風景のことだ。にもかかわらず、芝浦が絵の舞台に選ばれた。理由はふたつある。ひとつは、すでに描いた『羽根田落雁(らくがん)』のほかに東海道沿いでもう一ヶ所、新名所になりそうなところを選びたいという版元の意向があること。もうひとつは、すでに『小金井橋夕照(せきしょう)』で満開の桜を描いたため、桜の咲く山里の風景は避けねばならぬこと。ふたつ目の制約ゆえに、全山桜に彩られた御殿山(ごてんやま)から蒼海を遥かにのぞむ景色も描くことはできない。

「なるほど、考えてみれば、お江戸の近郊は広いようで狭(せま)い。探してみると存外に、これといった舞台がみつからぬものですな」

「そのとおりさ。ところで、願掛けは済ませたのかい」

「はい、済ませました」

「ふむ、それならいい」

なにせ、夫婦円満に効験(こうげん)のある御本尊だからなとおもいつつ、絵師はうなずき、孫六を差しまねいて左手の三天堂に向かった。

香煙の立ちこめる堂内には、魚籃観音のほかに大黒天と毘沙門天も祀られている。

ふたりは御堂のまえを通りすぎ、隣に並ぶ葦簀張りの水茶屋へ足を踏みいれた。

「この茶屋、おぼえているかい」

「もちろん、おぼえておりますとも」

親爺の顔も床几の配置も、七年前とさほど変わっていない。

「おぬしとおちよはそこの床几の端と端に座り、ろくに目も合わさず、喋りもせずに茶ばかり啜っていた。初対面とは申せ、おぬしは三十なかば、おちよは二十三の年増。おたがい、恥ずかしがる年でもなかったろうに」

「昨日のことのように感じられます。わたしは、一目でおちよが気に入りました。あれとの仲を取りもっていただき、どれほどありがたいとおもったことか。それが……こ、このようなことになろうとは」

孫六は声を詰まらせ、うつむいてしまう。

おちよは、絵師が家業の関わりで懇意にしていた臥煙頭の娘だった。七年前、嫁いだ先の商家が不況の煽りを食って潰れ、詮方なく実家に戻っていたところ、臥煙頭に良縁はないものかと相談され、頭の頼みならと、こちらもちょうど先立たれた妻の一周忌を済ませたばかりの孫六を紹介してやった。

世話好きとは言えぬ絵師にしては、めずらしいことだった。よほどふたりの相性が合っていると踏んだのか、あるいは、自分の気に入った者同士をいっしょにさせたい衝動に駆られたのか。いずれにしろ、ふたりが結ばれることを魚籃観音に祈ったことだけはおぼえている。

おちよは色白の美しい娘だった。父親の晩酌（ばんしゃく）に付きあって酒を少し舐（な）めただけで、ぽっと肌が赤く染まる。夏の終わりに咲いて散る酔芙蓉（すいふよう）のごとく、その身に気高（けだか）さと儚（はかな）さを秘め、すわと言えば修羅場（しゅらば）に馳（は）せさんじる火消しの家で育ったにしては、内向きで物静かな性分をしていた。

ふたりは再婚同士であったが、絵師が取りもった唯一の夫婦となった。

年の差は十二。孫六は恥じらいながらも「同じ干支（えと）なのだ」と自慢し、美人の女房を隣近所に見せびらかしてまわった。ところが、今から三年前の春、鴛鴦（おしどり）夫婦と呼ばれて四年が経過したころ、孫六は怒りにまかせて去り状を書き、おちよを離縁してしまった。

風の噂（うわさ）では、おちよの不貞が原因らしかった。

別れたはずの元夫と内緒で逢瀬（おうせ）をかさねているところを、書肆の奉公人がみつけてしまったのだという。

絵師はただ、手をこまねいて事態を静観するしかなかった。

真偽を確かめたいとはおもったが、出過ぎたまねはすべきでない。したらみっともないという薄っぺらな矜持が邪魔をした。行動を起こせぬままに時は流れ、孫六ともいつのまにか、疎遠になってしまったのだ。

「じつは二年前から、酒断ちをしておりまして」

孫六は淋しげに微笑み、串団子を注文しようとする。

絵師も付きあうことにした。

「ふっ、それにしても、蟒蛇ノ介と呼ばれたおぬしが団子とはな」

「情けないはなしです。おちよがおらぬようになって、しばらくは酒浸りの日々を送っておりました。書肆は左前になり、気丈な母もあの世へ逝き、これではいかぬとおもいなおして、とりあえずは好きな酒を断ったのでござります」

孫六は恋女房とともに、運も捨ててしまったらしかった。

運を拾いなおすべく、自分で捨てた女房との復縁を望んでいるのだ。

人伝に「もういちど、仲を取りもってもらえまいか」と頼まれたとき、絵師は返答に窮した。孫六から直に離縁の経緯を聞いていなかったし、ふたりを結びつけた者としての後ろめたさもあった。世話を焼こうにも、離縁してしまったあとでは修復のしようがない。だいいち、別れて三年も経っている。相手の意志をそれとなく聞こうにも、臥煙頭はすでに亡くなり、おちよは行方知れずになっていた。

　串団子と緑茶が運ばれてきた。

「おぬしとこうして逢うのは、いつ以来であろうな」

「三人で花見舟に乗ったのが最後にござります」

　三年前のちょうど今時分、桜が満開のころだった。おちよも入れて三人で小舟を借り、大川に颯爽と漕ぎだした。

「墨堤の桜は雲か雪かと見紛うほどに咲いておりましたが、おちよは花の盛りよりも散り際のほうが好きだなどと、贅沢なことを口走った」

「おもいだした。桜を愛でつつ向島まで行き、大七で鯉のあらいと山菜料理に舌鼓を打ったな」

　絵師が相伴にあずかったのは、豪勢な花見の膳である。値の張る料理屋で知られる『大七』には遠出の客に喜んでもらうための温泉風呂も設えてあり、温泉に浸かって一献かたむける贅沢はほかで味わえないものだった。

「縁を結んでいただいたことへの、ささやかな感謝のしるしにござりました。おちよも生まれてこの方、これほど楽しいときを過ごしたことはないと、心の底から喜んでおりましたっけ」

孫六はふと黙り、涙ぐんでみせる。

「おもえば、あれが笑顔の見納めでした。一時の怒りにまかせて縁を絶ってしまったことが、かえすがえすも口惜しい。まんがいち、おちよに不貞があったにせよ、なぜあのとき、見て見ぬふりをしてやれなかったのか。おのれの狭い心が、今さらながらに恨めしいのでござります」

悋気が激しいのは、惚れている証拠にちがいない。ただ、事情も聞かずに去り状を書いたのは性急すぎたと、絵師もおもう。

「わたしは恥を掻かされたとおもい、みっともないほど怒りました。おちよはひとことの言い訳もせず、その日のうちに手荷物ひとつ抱えて店から出てゆきました。それから数日が経ったあと、わたしは未練たらしく調べ屋を雇い、不貞の真偽を確かめさせたのでござります」

「ほう。で、どうだった」

少し怒ったように問うと、孫六は乾いた唇もとを舐めた。

「それが……おちよには何ら、やましいところはござりませんでした」

「え、そうなのか」

「はい」

おちよが元の旦那（だんな）に逢っていたのは事実だった。元の旦那は天涯孤独の身で不治の病に罹（かか）っており、頼るべき相手もいなかった。そんな噂を風の便りに聞いたおちよは居たたまれなくなり、孫六に内緒で相手の居所を探りあてた。そして、蛆（うじ）がわくような裏長屋を何度も訪れ、親身になって看病もしてやり、最期を看取（みと）ってやったのだという。

「困っている者があれば、放ってはおけぬ。気の優しいおちよの性分が、裏目に出たのでございます。事情を包み隠さずに告げてくれればよかったものを。わたしに余計な気遣いをさせまいと、おちよは黙っておりました」

秘密にしたことが、あらぬ誤解を生んだ。孫六は、おちよが浮ついた気持ちで逢瀬を愉（たの）しんでいるものとばかりおもいこみ、さんざんに罵倒（ばとう）したあげく、去り状をしたためた。

「何と偏狭な男でありましょうや。あれほど好いていたおなごを、物のように捨ててしまうなんて。つまらぬ見栄のせいです。外聞を気遣って、あんなことをしてしまったものだから、今になって罰（ばち）が当たったのだ……ん、んぐ、げほげほ、ぐえほっ」

激しく咳（せ）きこむ孫六の背中をさすりながら、絵師は急（せ）くように問いかけた。

「おちよの消息は、調べてみたのか」

「は、はい」

離縁して一年後、三田四国町の裏長屋でひとり淋しく暮らしているのをみつけたのだという。

「仕立ての内職をやりながら、細々と食いつないでおりました。貧しいながらも凛とした姿勢をくずさずに……わたしはおもわず、涙してしまいました。それでも、すぐには声を掛けられなかった。拒まれたらどうしよう。口を利いてもらえなかったら、さぞ辛かろうと、そんなふうに思い悩んでおりましたところ、数日経って、おちよはわたしの気配に勘づいたかのように、いつのまにか、長屋から煙と消えてしまいました」

それからの足取りは杳として知れず、孫六も追うのをあきらめていたやさきのことだった。

「三月前のことです。袖ケ浦をのぞむ高輪辺の茶屋の女将におさまっているとの噂を聞き、さっそく調べさせてみますと、本人にまちがいなさそうだ。女将というからには、どこぞの金満家にでも見初められたのだろうと考え、最初はあきらめもしましたが、やはり、あきらめきれるものではない。寝ても覚めても、あれの顔が浮かんでくる。ひょっとして、まだ独り身なれば復縁の機会もあろうかと、仲人さまに恥を忍んで一縷の望みを託すべく、わざわざ、おみえいただいたのでござります」

孫六は、土下座でもしかねない勢いで頭を下げる。

「わたしも、今は天涯孤独の身となりました。独り寝の夜は淋しい。されど、後妻を貰おうとおもったことはございません。おちよがいなくなってからは、心にぽっかり穴が開いたようで。自分のしでかした浅はかな行状をおもうと、死んでも死にきれぬのでございます」

孫六の悩みは深い。ひと肌脱ぐことにやぶさかではないが、復縁が困難であろうことは想像に難くない。やはり、三年という歳月は長すぎる。そのあいだ、何ひとつ行動を起こさなかった男の未練がましい言い分が、容易く受けいれられるとはおもえなかった。

「当たってみて駄目なら、あきらめもつきます。されど、自分で出向く勇気がございません。面と向かって断られたら、わたしはもう立ち直れないかもしれない。女々しいようですが、いろいろ悩んだすえ、やはり、こうしてお頼みする以外に良い知恵が浮かばなかったのです。どうか、どうか、莫迦な男の願いをお聞きとどけくださいまし」

「わかったから、頭をあげてくれ」

「それでは、願いをお聞き届けくださるのですね」

「ほかならぬ、おまえさんの頼みだ。無下にはできぬさ」

絵師は仏頂面で応じ、甘辛い醤油垂れの滴る串団子をひとつ頬張った。

茶屋の名は『一枚』と書いて『ひとひら』と読ませるらしい。

おちよが命名したのだとすれば、みずからの生きざまを、散りゆくひとひらの花弁にみたてたのであろうか。

月見の名所として知られる高輪には、海縁に沿って茶屋や船宿がずらりと軒を並べていた。『一枚』は品川寄りのはずれにあり、伊皿子坂から東海道に下りて少し歩けばたどりつく。造作こそ二階建てだが、ほかの茶屋にくらべればこぢんまりとしており、板葺きの屋根が夕風に煽られて揺れる様子が侘びしさを感じさせた。

敷居をまたぐと、おちよはおらず、若い包丁人が鋭い目つきで「あいにく支度がまだなもんで」と、ぶっきらぼうに告げた。

「女将は留守かい」

二階の気配に耳を澄ましながら問うても、包丁人はろくに返事もせず、菜切り包丁で俎板を叩きはじめる。

取りつく島がないとはこのことだ。

噂ではけっこう繁盛していると聞いてきたが、包丁人の態度には一見の客は頑として寄せつけないよそよそしさがあった。

仕方なく踵を返しかけると、二階から女の声が聞こえた。

「新さん、熱燗をひとつちょうだいな」

「へえい」

声の主はおちよのような気もしたが、そうでないかもしれない。

熱燗の支度をする包丁人の背中に向かって、絵師は囁きかけた。

「二階にいるのは、おちよさんだろう」

包丁人の肩が、ぴくっとする。

「お知りあいで」

掠れた声にうなずくと、二階からまた艶めいた声が掛かった。

「肴もお願いね。蛤の酒蒸しを持ってきて。聞いているの、新吉」

新吉と呼ばれた包丁人は返事もせず、酒蒸しを手際よくつくりはじめる。

潮の香とともに美味そうな匂いが漂いはじめたころ、傾斜の急な階段から、すらりと伸びた白い足が下りてきた。

「新吉、聞こえたの。聞こえたら返事をしな……あっ」

目と目が合った。

おちよだ。ことばを失っている。

少し頰のあたりがふっくらしたようだが、色白の美人であることに変わりはない。

以前より垢抜けした感じがするのは、洗っただけの水髪に柘植の横櫛という小粋な髷のせいなのか。あるいは、ほのかに匂う襟白粉のせいなのか。おそらく、三年の月日がもたらした変化なのであろう。

近所の噂では、酒に酔って客に管を巻き、目の覚めるような啖呵を切ることもあるらしい。なるほどと、納得させられるだけの不貞不貞しさも垣間見えるが、すれた印象はなかった。年をかさね、苦労をかさね、酸いも甘いも嚙みわける手管を備えた女になったというべきか。いずれにしろ、およそ以前の淑やかなおちよとはほど遠い、逞しい女のすがたがそこにある。

「あら、お久しぶり」

何食わぬ顔でそう告げられたとき、絵師はほっとすると同時に、あまりの素っ気なさに一抹の淋しさをおぼえた。

「少しお待ちになってね。新吉、そちらの旦那にもお酒を。それから、お二階さんに蛤の酒蒸しを早くね、お願いよ」

早口で言いつけると、おちよは褄を取り、階段をとんとん上ってゆく。

しばらくしてから、新吉が熱燗と酒蒸しを盆に載せ、追いかけていった。

絵師は明樽に座り、東に穿たれた窓から暮れなずむ海原をみつめた。

いったい、二階の客はどんな客なのか。

気にならないと言えば嘘になる。

だいじな客なのだろう。

「金蔓かもしれぬな」

あれこれ邪推していると、新吉がのっそり下りてきた。

燗酒と香の物を無造作に置かれ、手酌で呑みはじめる。

新吉は仕込みに戻り、喋りを拒むように俎板を叩いた。

そういえば、おちよは歯を染め、双眉まで剃っていた。

いったい、誰のために歯を染めているのだろう。

新吉に聞いてみたいことは山ほどあったが、安酒を黙ってちびちび飲りながら、じっと待ちつづけた。

そのうちに、馴染み客がひとりふたりと訪れ、沖の海原に漁り火が灯るころになると、明樽も床几も満席になった。途中で手伝いの小女があらわれ、二階の客は喧噪に紛れるように帰っていった。

客の顔も後ろ姿さえ、拝むことはできなかった。知らぬまに、おちよは馴染み客の相手をしており、艶めいた笑い声が響くと、見世のなかは華やいだ雰囲気になりかわった。

絵師はまったく相手にされず、ふてくされたように盃をかさね、おもいのほか上等な肴に箸を付けた。やがて、酔いがまわってきたのか、うとうと舟を漕ぎはじめ、砂浜からさらわれるように意識が遠のいていった。いつのまにか、絵師は深い眠りに落ちてしまった。

目を醒ましてみると、畳のうえに敷かれた蒲団に寝かされていた。

波の音がやけに大きく聞こえ、人の声は呟きひとつ聞こえてこない。

枕元の有明行灯が、闇の深さを際立たせている。

「お気づきになられたようね」

行灯の脇に、おちよがぽつんと座っていた。

半身を起こすと、頭の芯がずきっと痛む。

「はい、お水」

差しだされた冷たい水を干し、ほっとひと息ついた。

「具合はいかが」

「ふむ、だいじない」

「新吉が旦那を背負って、二階にはこんだんですよ。無愛想でしょう、あの子、ああみえてもまだ十九なんです。網元の次男坊でしてね、手の付けられない暴れん坊でしたけれど、わたしのまえでは借りてきた猫のようになった。網元に言わせると、幼い頃に亡くなったあの子のおっかさんに似ているのだそうで。新吉を手懐けたことで不思議と信用ができましてね。だから、馴染み客は網場のひとたちばかり。ご存じのとおり、わたしは三十路過ぎですから、新吉は末の弟みたいなもの。ふふ、ごめんなさい。ひとりでぺらぺら喋っちまって」

「新吉も客も、おらぬのか」

「ええ、とっくの疾うに。だって、丑三つ刻ですもの」

「え、丑三つ……す、すまぬ。迷惑を掛けた」

「いいんですよ。ほかならぬ、旦那のことですもの。それにしても、よくここがおわかりになりましたね」

「捜したのさ」

「旦那が」

「ん、まあな」

お茶を濁すと、おちよは何かを察したように長い睫を瞬いた。

性急すぎる気もしたが、この機を逃すまいと、用件を切りだす。

「おぬしの居所を捜しだしたのは、わしではない。離縁した女房のことが忘れられぬ小心者がひとりおってな。そやつ、自分で逢う勇気がないものだから、わしを使いに寄こしたというわけさ。あはは、使いが酩酊して眠りこんでは話にならぬ」

「わたしのせいです。旦那をわざと放っておいたんだから」

「わざと。それはまた、どうして」

「意地悪したかったんです。なんとなく」

おちよは小首をかしげ、可愛げに微笑む。

微笑んだそばから溜息をつき、畳に両手をついた。

「このとおり、謝らなくてはなりません」

「どうして」

「だって、旦那にひとことの挨拶もなく、すがたをくらましてしまったんですから。ほんとうは、三年前にこうすべきだった。でも、あのときは気が動顛して、わけがわからず……自分がみじめすぎて、誰にも会いたくなかったんです」

「もういいさ。済んだことだ」

「いいえ。そのことがいつも気懸かりでした。まさか、訪ねてきていただけるとはおもってもみなかった。ですから、旦那の顔をみたときはおもわず……ご、ごめんなさい」

「なにも、泣くことはあるまい」

「泣いてなんぞいるものですか」

おちよは口をへの字に曲げ、両の拳を固めて耐えた。

「無理をするな。泣きたければ泣けばいい。痩せ我慢は一文の得にもならぬぞ」

優しく声を掛けてやると、わっと泣きながら、おちよはからだを投げだしてくる。

必死に受けとめた絵師の頭は、一瞬にして真っ白になった。

おちよは腕にしがみつき、洟水を啜りあげる。

「こうして訪ねてきていただける日を、心の片隅で待ちのぞんでいたのかもしれません」

「待ってくれ。相手がちがう」

言ったそばから、絵師は後悔した。

おちよは我に返り、ふっと身をはなす。

「気の小さいお方に、どうかお伝えください。いまさら、戻る気はございませんと」

きっぱりと言いきる女の眸子から、涙の痕跡は消えていた。


経緯を告げると、孫六はうなだれ、淋しげに微笑んでみせた。

「やはり、そうでしたか」

「すまぬ。役に立たなかった」

「とんでもない。あれの気持ちを確かめていただいただけで、ええ、それだけで充分にござります」

そんなはずはなかろう。

なぜ、もっと上手に事をはこんでくれなかったのか。

なぜ、ことば巧みに説得し、元の鞘に戻りたい気持ちにさせられなかったのか。

孫六はあれこれ責めたい疼きを抑えつけ、じっと耐えているかのようだった。

「弱ったな」

通油町の店内で紙の匂いを嗅ぎながら、絵師は慰めのことばを探しあぐねた。

「されど、あきらめるのはまだ早いかもしれぬ」

「と、申されますと」

「おなごというものは得てして、本心とはうらはらのことばを口走るものだ」

「おちよにはまだ、戻りたい気持ちが残っていると、そう仰りたいのですか」

すがるような眸子でみつめられ、絵師は根拠もなしにうなずいてしまう。

うなずきながらも、重い溜息をついていた。

——いまさら、戻る気はござりません。

おちよの目をみたかぎり、発せられたことばに嘘はなかった。

おそらく、本心にちがいない。それでも、今の気持ちを覆すことができるのではないかと、絵師はおもいたかった。

「どっちにしろ、逢ってみたほうがよい。自分のまっすぐな気持ちを伝え、まんがいち、そのおもいが届かずとも、ひとこと、すまなかったと謝ったらどうだ」

「謝れば、なるほど、手前の気は楽になります。でも、おちよに復縁の意志がつゆほどもないとすれば、謝られても迷惑なだけのはなしではございませんか」

弱虫めと、絵師は胸の裡(うち)で悪態を吐く。

「恐いのか。面と向かって気持ちを伝えるのが」

孫六は、血の気の失(う)せた顔でうつむいた。

「想像しただけで、膝頭が震えてまいります」

「しっかりせぬか。尻(しり)の青い若造でもあるまいに」

「おわかりにはなられますまい。断ちきりがたい未練というものが、どれほど辛いものか」

孫六は顔を持ちあげ、涙目で訴える。

「捨てられたのではなく、捨てたおなごだからこそ、いっそう未練は募るのでございます……ああ、我慢ならぬ。この手でおちよを抱きしめたい。骨が軋(きし)むほど抱きしめて、泣きながら赦(ゆる)しを請いたい。赦してくれぬと申すなら、地獄の底まで引きずってゆき、この身が釜茹でにされるところをとっくりみてほしい。おちよがそばにいなければ、手前は蛇の抜け殻も同然、こうして生きながらえていることさえ辛くて、苦しくて、どうにも、しようがないのでござります」

孫六の告白は、絵師の胸に響いた。

今聞いた台詞をそっくりそのまま伝えてやれば、おちよも平常心ではいられなくなるだろう。

しかし、伝えてやることがはたして、よいのかどうか。

おちよは孫六に見放され、心に深い傷を負った。だが、みずから努力して人生をやり直すことで、少しずつ傷を癒してきた。

孫六に邂逅すれば、古傷はまた痛みだす。尋常ならざる痛みをまた、味わうことになるやもしれぬ。それだけは避けたいというおもいが、いまさら戻る気はないという台詞になって、搾りだされたにちがいない。

「もう、けっこうです。手前が浅はかでした。旦那にお願いすれば、何とかなるかもしれぬとおもっていた。そうした甘さが、いつも仇となるのです。おちよは見抜いている。手前の女々しさや傲慢さを嫌っているのでしょう。もういい、けっこうです……ああ、くそっ。手前は、何ということをしでかしてしまったのか。あれのことをほんとうにおもっているなら、どうして、そっとしといてやれぬのか。どうして、余計な波風を立てようとするのか。手前のごとき莫迦たれは、死んだほうがましかもしれません」

孫六は萎(しお)れた顔で喋りきり、沈黙の深い闇に逃げてゆく。

何とかしてやりたいが、これればかりは何ともしようがない。

絵師は一刻も早く狭い部屋を逃れ、芝浦の砂浜に立って胸腔(むね)いっぱいに潮風を吸いこみたいとおもった。


まんがいちにも、おちよとの復縁はなかろう。

絵師は心残りを感じながらも、ふたりのことを忘れようとつとめた。

数日が経ったころ、八重洲河岸(やえすがし)の定火消御役屋敷に、おもいがけない人物が訪ねてきた。

包丁人の新吉である。

居丈高(いたけだか)な態度はどこへやら、道に迷った子犬のようにおどおどしている。

無理もあるまい。鉄砲組(てっぽうぐみ)に属する同心の組屋敷が建ちならぶこの界隈(かいわい)は、包丁人が足を向けるところではなかった。

絵師は新吉の顔をみるなり、一筋の光が射しこんできたように感じた。

もしや、おちよに心変わりがあったのではあるまいか。

そんな予感にとらわれたのだ。

新吉はわざわざ高輪から訪ねてきたにもかかわらず、敷居の内へ入ろうとしなかった。

それならばと、絵師は外に出て、近くの蕎麦屋に招じいれた。

中食にはまだ間があったが、盛り蕎麦と燗酒を注文する。

銚釐の柄を手に提げ、ぐい呑みに酒を注いでやっても、新吉は容易に口を付けようともしない。

「どうした。用事があって来たのであろう」

「はい」

「女将の使いでまいったのか」

「い、いいえ」

意外な返答に、絵師は眉をひそめた。

新吉は自分の意志で出向いてきたのだ。

「旦那のお住まいは、それとなく聞いておりやした。さんざ迷ったあげく、足を向けちめえやした」

「何かあったのか」

「ええ、まあ」

「言いにくいことのようだな」

「はい。おれが勝手な思い込みでやってきたことなもんで。余計なことを喋っちまうと、女将さんに迷惑が掛かるかもしれねえ」

それでも、新吉はやってきた。切羽詰まっているのだ。

「言うてみろ。相談に乗ってやろう」

「はい」

新吉は下を向き、ぼそぼそ喋りはじめた。

「旦那がおみえになられたあと、女将さんは何だか様子がおかしくなって。ずっと泣き暮らしておられやす」

泣きながら酒を浴びるほど呑み、酒を呑んでいないときは、ぼうっと海をみているという。

「あれじゃ、まるで魂の抜け殻だ」

「何か、おもいあたることは」

「三月ほどまえから、女将はあの茶屋を手放すか、手放すまいか、迷っておられやす」

「ほう、そいつはどういうことだ」

「女将さんは茶屋を開くときに、雑魚場の卸し商から借金をなされやした。その卸し商から、妾になれば借金は帳消しにしてやると、そんなふうに言い寄られているみてえで」

「あのとき、二階で呑んでいた客のことか」

「さようで。あの野郎、五日に一度のわりでやってきては、女将さんを掻き口説いておりやす。いけ好かねえ金糞垂れなんで」

新吉は若いだけに、素直な感情をことばにぶつける。それだけにかえって、事情がわかりやすい。

雑魚場の卸し商は、計算高い人物なのだろう。おちよを見初め、最初から妾にする狙いで金を貸したにちがいない。

「仰るとおりで。あの野郎、とうとう痺れを切らし、妾が嫌なら金を返せと、女将さんに迫ってきやがった」

おちよにとっては『一枚』がすべて、手放してしまえば莫大な借金を抱えて路頭に迷うしかない。卸し商の考えひとつでは、岡場所に売りとばされるかもしれぬと、新吉は不安げに訴える。

「ちょうどそうしたおり、旦那がひょっこりおみえになった」

「なるほど」

拠所ない事情を抱えていたにもかかわらず、おちよは孫六との邂逅を拒んだ。

「新吉よ。ひとつだけ確認しておきたい。女将は卸し商の言いなりになりたくないのだな」

「はい。口に出しては仰いやせんが、そいつはまちがいねえ。お願いしやす。旦那、何とかしてやってくだせえ」

「どうして、わしに頼む」

「旦那はしたたかに酔っておられやしたが、女将さんに意見しておられやした。あっしは、いけねえこととは知りながら、おふたりのはなしを聞いちまったんです。旦那は、復縁話を持ってこられたんでやしょう」

「ああ、そうだ」

「女将さんは自分の事情を何ひとつ教えてくれやせんが、うちの親父が酔った勢いで漏らしたことがありやした。『おらよはな、おれのまえでいちどだけ泣いたことがあった。自分の過ちで亭主に大恥を掻かせてしまった。そのことを一生悔いながら生きてゆかねばならぬと、そう言って泣いた。あれは芯の強いおなごよ。下手に手を出せば火傷をする』と、そう言って親父は笑ったんです」

　絵師は胸の高鳴りをおぼえた。

　父親の言ったことが真実ならば、おちよは自分自身のことではなく、健気にも孫六のことをおもって、孫六に迷惑を掛けまいと、復縁を拒んでいたことになる。

「だから、女将さんも本心じゃ戻りてえんじゃねえかと」

新吉の言うとおりだ。凛々と、勇気がわいてきた。

復縁がかなえば、孫六は喜んで借金の肩代わりを申し出るだろう。茶屋も手放さずに済む。

「旦那、後生一生のお願えだ。何とかしてやってくだせえ」

無論、何とかせずにはおかぬ。

ただ、容易なはなしではない。

何よりもまず、おちよの気持ちを取りもどすことが先決だ。

誰に何と言われようが、孫六とふたたびいっしょになりたい。そうおもわせるだけの企てが要る。

「ふうむ」

絵師は腕を組んだ。

臥煙頭の娘だけあって、おちよは芯の強い娘だ。

武家出身の娘のように、いちど口に出したことはまず枉げない。

繰りかえすようだが、まんがいちにも、おちよの頑なな気持ちを溶かす術はなかろう。

新吉は、黙って蕎麦をたぐりはじめる。

絵師は何かに救いを求めるように、ふと、顔を上げた。

眼差しのさきには、煤けた壁がある。

煤けた壁には、扇子が三枚飾られてあった。

いずれも、番付美人の描かれた色彩豊かな扇子だ。

「あ、ひらめいた」

絵師は膝を打ち、にんまりと微笑んだ。


半月後。

品川沖で鱚や鰈の釣果が聞こえはじめたころ、おちよは新吉に「花見に行こう」と誘われ、めずらしいこともあるものだと首をかしげながらも従いてきた。

もちろん、深い意図が隠されていようなどとは、おもいもしない。ただ、この春はいちども花見に出掛けていないことが心残りでもあったし、無粋で不器用な新吉に誘われたこともあって、いそいそと柳橋まで従いてきたのだ。

船宿の桟橋には、九間一丸とも見紛うほどの屋形船が待っていた。

「女将さん、あれに乗るんですよ」

「え、そんな贅沢ができんのかい」

「心配にゃおよばねえ。さ、乗りやしょう」

三十人からの客たちは、墨堤に咲く桜の見納めにと誘われた者たちのようだった。

商人もいれば、裏長屋の騒がしい住人たちもいる。

みな、土産として配られた扇子を手にしていた。

扇面には美人絵が描かれており、屋形船の客ばかりか、墨堤を散策する花見客にも配られている。いや、墨堤のみならず、飛鳥山でも御殿山でも、およそ花見の名所と称するところでは、只で配られている様子だった。

扇子の本数だけでも、とんでもない数になる。

さらに、扇子のみならず、同じ美人絵の描かれた錦絵が、瓦版屋の手によって町じゅうに配られていた。

理由はさっぱりわからないが、只で配られた代物ということも手伝って、巷間では朝から絵に描かれた美人の噂で持ちきりとなった。

おちよは、気づいていない。

「新吉、気後れがするよ」

「だから、心配えいりやせんよ」

「いったい、どういった風の吹きまわしだろうねえ」

おちよは船頭に手を取られ、船の端に乗りこんだ。

ふたりは船上の人となり、扇子を一本ずつ渡された。

もちろん、扇子を使うほどの暑さではなく、川風は肌寒い。

「この扇子、何に使うんだろうね」

小首をかしげてひとりごち、何気なく扇子を開いた途端、おちよは息を吞んだ。

扇面には、ふっくらした色白の美人が描かれている。胸からうえを描いた大首絵と称するもので、鬢(びん)の一本一本まで丁寧(ていねい)に描かれていた。

その大首絵を目にするや、おちよはことばを失ったのだ。

「こ、これは……わ、わたし」

鏡を眺(なが)めているようだった。

「絵の端をご覧なさい」

と、誰かが声を掛けてくる。

声の主は、絵師にほかならない。

「だ、旦那」

「ふむ、よくぞ足をはこんでくれた」

同じ船に乗っていることも驚いたようだが、それよりも、おちよは扇面の右端に書かれた文字に目を釘付けにされた。

千社札に似せた枠のなかに『高輪一枚の女将おちよ』とある。

絵師の名は『描き人知らず』とあったが、素人目にも一流の筆致であることは容易に察せられた。

「もしや、旦那が描かれたんじゃ」

おちよが食い入るようにみつめても、絵師は曖昧に笑うだけだ。

「でも、どうして」

問いかけが口を衝いたとき、船がゆっくり桟橋を離れた。

客たちは扇子を開き、絵を愛でながら褒めている。

「一枚か。これで店の評判も鰻登りだろうよ」

「いちど、行ってみなければなるまい」

そうした声も、ちらほら聞こえてくる。

おちよは顔を赤らめ、袖の内に隠れようとした。

「隠れることはあるまい。堂々としておればよいのじゃ」

隣にやってきた隠居が、柔和な顔を向けてくる。

どこかでみたことのある顔だ。

「おちよさん、お忘れかね」

「あっ」

通油町で古くから酒屋を営む隠居であった。

「おまえさんがおらぬようになって、みな、淋しがってな」

隠居の脇でうなずく顔も、その隣で笑っている顔も、見覚えのあるものばかりだ。

おちよはわけがわからず、ぱかんと口を開けた。

屋形船は川縁（かわべり）に近いあたりを、のんびりと遡上（そじょう）してゆく。

墨堤には霞（かすみ）がたなびき、桜並木も大勢の花見客も薄衣に包んでいた。

やがて、船上に賑（にぎ）やかなお囃子（はやし）の音が響き、白塗（しろぬ）りの幇間（ほうかん）がひとり、舳先（へさき）の舞台に登場した。

「やがて霞も晴れてまいりましょう。さて、ご覧（ろう）じろ。花の見納めにご一興。裸踊（はだかおど）りにござ候（そうろう）」

幇間は手早く着物を脱ぎ、褌（ふんどし）一丁になった。

ぽっこり突きでた腹には、墨で布袋（ほてい）の顔が描かれている。

「臍（へそ）は鼻、鼻は花、お酒呑むひと花ならつぼみ、今日もさけさけ明日もさけ」

調子っ外れの声で都々逸を歌いながら、腹を器用にくねらせる。

客たちは喜んでやんやの喝采を送り、相の手を入れる者もいた。

「いよっ、蘆屋孫六。天下一の惚け者」

その声に驚き、おちよは身を乗りだす。

幇間が孫六であることは、もはや、疑いの余地もない。

懸命に歌いながら踊るすがたが笑いを誘い、客たちも手拍子で盛りあげる。

あらためて船上を見渡してみれば、かつて世話になった大家や店子たちの顔があった。

孫六の商売相手や出入りの行商も呼ばれている。どれもみな、見知った顔ばかりだった。

おちよは、ようやく合点がいった。

孫六は自分にとってだいじな連中を集め、笑いものになろうとしている。

なるほど、これだけの大恥を搔けば、もう恐いものなどあろうはずもない。

余計な心配はせずに戻ってこいと、道化を演じながら訴えかけているのだ。

「皆の衆、ご覧じあれ。霞を飛ばして進ぜましょう」

白塗りの孫六は声を張りあげ、両手の扇子を蝶のようにひらひらさせる。

客たちも霞に向かって扇子を扇ぎ、新吉までが嬉しそうに扇子を振った。

おちよは胸のまえで手を合わせ、固唾を吞んでみまもっている。

よしなにお頼申しますと、絵師は祈った。

ゆるやかな風が吹き、薄衣を脱がすように霞が晴れてゆく。

ひとひらの花弁がちらほらと舞っているやにみえたとき、墨堤に並ぶ桜木が一斉に花吹雪を散らしはじめた。

「ご覧よ。散り際のきれいなこと」

大家のおかみさんが、感嘆の声をあげた。

散った桜は花筏となり、大川を桜一色に変えてゆく。

おちよは船端に寄りかかり、声も出さずに泣いている。

幇間はそっと歩みより、何も言わずに手を差しのべた。

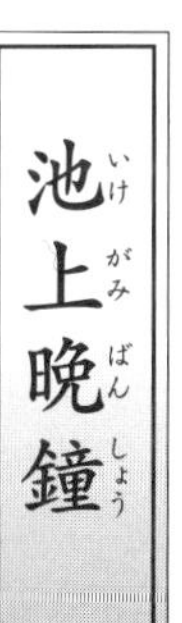
池上晩鐘

江戸近郊
八景之内
池上
晩鐘

空はまだ、ほんのりと明るい。

池上本門寺の鐘が、暮れ六つの捨て鐘を三つ鳴らした。

からだが焦げつくような水無月も終わり、朝夕はかなり過ごしやすくなった。三伏の猛暑も過ぎてしまえば懐かしい。冷水を啜り、水菓子にかぶりついたのも、遠いむかしの出来事のようだ。

池上本門寺は法華の聖地、日蓮上人が入滅した地にほかならない。近郊八景に選びだされたところでもあり、絵師は頻繁に足を運んだ。

気が向けば何日か滞在し、全山夕霧に包まれるのを待ちつづける。

版元から与えられた画題は「煙寺晩鐘」であった。

すでに、構図はきまっている。

呑川に架かる霊山橋の手前に立ち、高みの中腹に聳える総門をのぞむ。鬱蒼とした杜の狭間には塔頭がのぞき、九十六段の石段が頂上の仁王門とその奥に控える祖師堂へまっすぐに延びている。

そうした景観が夕霧に沈むとき、聞こえていないはずの晩鐘が心のなかに鳴りひびく。敬虔なおもいに胸を満たされ、わけもわからず、頭を垂れてしまう。

そんな絵が描きたかった。

霊山橋の手前は広小路になっており、縁起物を売る見世や茶屋が並んでいる。抹香臭い仏具を売る見世なども散見されたが、裏道に一歩踏みこめば、赤提灯が誘いかけるように揺れていた。

袋小路のどんつきに、木槿の木が植わっている。

紅紫の花を朝に咲かせ、夕には散らす。

いっときの儚い夢をみるために、男たちは集まってくる。

女将の愛嬌で売る『あさひ屋』も、そうした見世のひとつだ。

縄暖簾を振りわけると、ふっくらした三十路年増が笑顔で迎えてくれる。

「あら、絵師の先生、いらっしゃい」

おふじは小鼻を張り、駒鳥のような美声を発した。

客に返杯の酒を勧められ、色白の肌はほんのりと紅く染まり、目も少しとろんとしている。はっとするような美人ではないが、愛くるしい笑顔が客の心を虜にしてしまう。柳腰で燗をつける後ろ姿は何とも妖しげで、絵師もおもわず絵筆を取りたいおもいに駆られた。

酒も肴もいける。もちろん、仕込みはすべて、おふじがやる。

女将と客との間合いが絶妙で、馴染みの連中はみな小粋な感じがした。

さほど広くもない店内の壁には、酉の市で求めた縁起物の大熊手が飾られ、成田山や川崎大師などのお札が千社札のようにべたべた貼ってある。馴染み客が勝手に貼っていくのだが、柱の目立つところには「南無妙法蓮華経」と書かれた髭題目も見受けられた。

絵師もこのごろでは、すっかり顔になった。

「こちらの先生はね、東海道五十三次を描かれた絵師さんなんですよ」

そんなふうに紹介されても、格別に関心を寄せる客もいない。

明樽に座ってしまえば、身分の差も年の差も仕事の別もない。

さまざまな垣根が取っぱらわれ、微酔い気分で会話も弾んだ。

客を和ませることに関して、おふじは天賦の才を持っている。

「わたしはね、このお見世をやるために生まれてきたのよ」

そう言って朗らかに笑う女将のことを、客たちは愛してやまないのだ。

すっかり暗くなったころ、絵師にとっては初対面の客があらわれた。

黒い絽羽織を纏った町奉行所の定廻りで、名は豊田新兵衛という。

絵師より年上にみえるが、五十には届いておるまい。

「あら、八丁堀の旦那。首を長くして、お待ちしておりましたよ」

おふじは差しむかいの席に豊田を招き、酒肴の支度をしはじめた。

ふたりの様子を、馴染み客たちは羨ましそうに眺めている。

「絵師の先生、こちらの旦那はね、もう十年来のお馴染みさんなんですよ。池上は八丁堀から遠いし、毎日ってわけにはいきませんけど、忘れずにこうして、お顔をみせてくださるんです」

「一日たりとも、あさひ屋を忘れたことなんざねえよ」

豊田は無愛想に言いはなち、注がれた酒をすっと呷る。

粋な風情だ。所帯染みたところはなく、ぎらぎらしてもいない。

注がれた酒を三杯たてつづけに呷り、ほっと息をついて、馴染み客たちと会釈を交わす。

渋柿だなと、絵師はおもった。

渋みの抜けた熟柿は甘い。甘くなりかける手前のあたり、とでも言おうか。

渋みを残した男は、けっして饒舌ではない。聞き上手で、どっしりとした重みがある。

十手の重みではなしに、ひとつのことをやりつづけてきた人間の重みだ。

気になるのは、目尻に深く刻まれた皺だった。少々くたびれており、相手に何とかしてやりたいというおもいを抱かせる。

のちに知ったことだが、豊田には十六になる一人娘があった。娘とふたりで八丁堀の同心屋敷に暮らし、妻女とはずっと以前に別れたらしい。拠所ない理由から離縁したのだと言う者もいれば、女房が情夫をつくって逃げたのさと声をひそめる者もあった。おふじだけは真実を知っているようであったが、その件に関しては口を噤んだ。

絵師は何気なく、おふじと豊田の間合いをはかった。

あきらかに、自分や他の客よりは親密だが、ねっとりとしておらず、褥をともにするような仲ではなさそうだ。むしろ、どちらからともなく、そうした深い関わりを避けているような感じさえ受けた。

豊田は東海道五十三次の錦絵を気に入ってくれていて、時折、ぼそっと鋭い問いを投げかけてきた。

「おれはな、蒲原宿の雪景色を描いた絵が好きなんだが、ありゃおめえ、頭んなかで降らした雪だろう。でえち、蒲原といやあ、沼津のさきだぜ。蜜柑山のある暖けえところだ。宿場がすっぽり雪に埋まることなんざ、富士山に誓ってもありゃしねえ」

そんなふうに文句を言い、ひとつひとつの錦絵を寸評する。

訥々とした物言いに深みがあり、ほかの客も会話に引きこまれていった。

おふじは微笑みながら、酌をしたり、せっせと肴をつくった。夜更けになっても楽しいひとときはつづき、気がつけば東の空がほんのりと白みはじめていた。

七夕の日は、さまざまな飾りを吊した短冊竹が家々の屋根に立てられる。無数の青竹が撓りながら風に揺れ、さわさわと音を起てる様子を、絵師は自身番の物見台のうえから鳥の目で描いてみせた。

土手の日だまりに桔梗が咲き、黄色い女郎花や紅い蓼の花も咲きかけている。

七夕を過ぎると夏の余韻は静かに去りゆき、夕方になれば涼やかな風に頬を撫でられた。

風の噂で、同心の娘が緞帳役者と心中をはかったと聞いた。

同心が豊田新兵衛だと知り、絵師は驚くと同時に事の経緯を探った。

「娘の名は幸乃と申すそうで」

声をひそめるのは、版元の喜鶴堂だ。

ふたりは「江戸前大蒲焼」という看板のある鉄砲洲の大黒屋にあがり、立てしきった屏風の内で鰻の蒲焼きを肴に酒を呑んでいる。

「娘が惚れたのは、つむじ風一座の立役にして座長も兼ねる団五郎にござります」

「つむじ風一座の団五郎」

宮地芝居の人気者だ。浅草寺の奥山などで芝居を掛けるときは、三座顔負けの賑わいをみせる。その団五郎が興行の件で地廻りの親分と揉め事を起こし、出刃包丁で親分の腹を刺して逃げた。

「刺されたのは黒船町の辰吉。そのむかしは俠気で売ったひとかどの人物でしたが、近頃はヤキがまわって評判も落ちていた」

つむじ風一座にも法外な所場代を要求し、そのことがもとで諍いになった。

「辰吉はどうなった」

「たいした傷じゃありません。でも、大いに面目を潰された。逃したら世間の笑いものになるってんで、手下どもは血眼になって団五郎を捜しました」

ついに、団五郎は追っ手から逃れられなくなり、相惚れの娘を道連れにして大川へ飛びこみ、心中をはかったのだという。

「ところが、ふたりは死にきれず、濡れ鼠の恰好で娘の父親に救いを求めた。父親が町奉行所の同心だとわかった途端、このはなしは噂にものぼらなくなりました」

心中は天下の法度、失敗って生きのこった者は厳しく罰せられる。日本橋の晒し場に三日間晒されたあげく、男は斬首、女は人別帳から外されて溜預けとなる。それが常道ではあったが、同心の娘が晒されて溜預けともなれば幕臣の恥、幕府の沽券にも関わってくる。刃傷沙汰も心中話も最初からなかったことにさせられたのだろうと、喜鶴堂は推察した。

「それでは、黒船町の辰吉が黙っておるまい」

「仰るとおりです。秘かに調べてみますと、団五郎は一家に詫びを入れにいき、頬を短刀で五寸ほど斬られたそうです。役者は顔が命と申しましょう。二度と舞台を踏めぬように、団五郎は白粉でも隠しきれない傷を顔に付けられたのです」

「娘のほうはどうなった」

「お構いなしとのことですけど、こちらも容易く事が運んだわけではない。辰吉はこの機を逆手に取り、豊田新兵衛を取りこもうとしたそうです」

一家が抱えている岡場所や賭場の利権を守るべく、便宜を図ってもらおうと執拗に連絡を求めてきた。

不正を嫌う豊田はほとほと困りはて、役目を返上するとまで言いだしたが、おもいがけない助っ人のおかげで、事はあっさり解決した。辰吉のほうが折れ、今後一切迷惑を掛けないという一札まで入れた。

「助っ人は、池上本門寺の門前で居酒屋を営んでいる女将だとか」

「何だって」

おふじという名を、絵師は何度も確かめた。

「居酒屋の女将が、どうやって同心を救ったのか。そこのところになると、みんな首をかしげます」

「わからないのか」

「はい、まったく」

本人に聞くしかあるまい。

事情を知りたいというおもいに衝き動かされ、絵師は池上へ向かった。

横町に灯った赤提灯が、夜風に揺れている。

絵師が暖簾を振りわけると、いつもと変わらぬ笑顔が迎えてくれた。

「あら、いらっしゃい」

馴染み客も常と何ら変わらず、おもいおもいに会話を弾ませている。

豊田新兵衛だけはおらず、女将と差しむかいの特等席は空いたままだ。

絵師が隣の明樽に座ると、さっそく、おふじが酒を注いでくれた。

「剣菱ですよ。燗は人肌でね」

絵師は豊田の仕種をまね、盃をすっと呷る。

「さ、もひとつ」

「そのまえに、返杯といこう」

絵師はおふじに盃を預け、銚釐をかたむけてやる。

「あら、うれし」

波打つ白いのどに、目を釘付けにされた。

おふじは、ぷふうっと息を吐き、盃の端を指で拭く。うつむいたまま、女童のような微笑みを浮かべてみせた。

「女将、何か嬉しいことでもあったのかい」

水を向けると、おふじは目をきらきらさせる。

「うふふ、おわかりになられます」

「わかるさ。そいつは思い出し笑いだろう。何を思い出したのか、差しつかえなければ教えてほしいな」

「恥ずかしくって、教えられやしませんよ」

「そうでもなさそうだぞ。言いたくて、うずうずしているようにもみえる」

「まさか」

「誰にも言わぬ。そっと、教えてくれぬか」

絵師が顔を寄せると、おふじもその気になった。

「じつは、おでこにね……うふふ、だめ。やっぱり恥ずかしくって、とても言えないわ」

「それでは蛇の生殺しだ。もったいぶらずに教えてくれ。さ、おもいきって喋ってしまえ」

「わかりましたよ。じつはね、おでこに口吻をしてもらったんです。ちゅってね」

「ちゅって、誰が」

「豊田の旦那ですよ。ほら、ここに」

おふじは富士額を指差しながら、茹で海老のように顔を紅潮させた。

すかさず、絵師はたたみかける。

「八丁堀の旦那も隅に置けぬな。そいつは何かのお礼かい」

「そんなんじゃありませんよ。酔った勢いで、ふざけてやったことなんですから」

おふじはお茶を濁し、ほかの席へ酌をしにいった。

よほど嬉しかったのか、後ろ姿も浮き浮きしている。

おそらく、豊田の窮地を救ってやったことへの返礼なのだろう。

のちに知ったはなしだが、おふじは黒船町の辰吉と関わりのある女だった。それどころか、辰吉が妾に産ませた娘なのだという噂もあった。噂が真実だとすれば、宿縁というよりほかにない。豊田とおふじも、おそらく、宿縁めいたものを感じたことだろう。

いずれにしろ、このたびの一件で、ふたりがより親密になったことはあきらかだ。

いっそのこと、どうにかなってほしいと、絵師は心の底からおもった。

馴染み客たちもどうやら、同じような気持ちを抱いているらしい。

もちろん、他人がとやかく言うことではないが、それは往来で拾った落とし物を落とし主に返してやりたい心理にも似ていた。

ふたりは相惚れであるにもかかわらず、たがいに遠慮しあっている。

何を恐れているのか、本心を口に出そうともせず、節度をわきまえたような顔をしていた。焦れったくて仕方ない。

「先生、どうぞ」

おふじが戻ってきた。

剣菱を注いでくれ、顔を寄せてくる。

「さっきのおはなし、秘密ですよ」

「ああ」

「でもね、わたしもこうみえて、難しい年頃なんです」

おふじは、ほっと熱い溜息をつく。

少し酔ったのか、舌のまわりも滑らかだ。

「三十三の女盛り。若い娘にゃまだまだ負けない自信はありますけどね、やっぱり若いってことは羨ましいし、憧れや嫉妬も感じます。何もかも忘れて、後先考えずに突っ走りたいって、そんなふうにおもうときもありますけど、この年になると恐くってね。曲がり角の手前でいつも立ちどまってしまうんですよ」

「何が恐い。後先考えず、突っ走ってみりゃいいじゃないか」

「え」

　驚いてみせるおふじに向かって、絵師は怒ったように吐いた。

「世間に何とおもわれようが、気にすることはなかろう。それとも、後々、捨てられることが恐いのかい」

「何が恐いってわけじゃないんです。わたしだって、女をあきらめたわけじゃないんだから。でもね、わたしって男運の無い女なんです。いつも惚れた相手に捨てられてばかり」

　むかしに負わされた痛手が癒えず、すっかり臆病な性分になってしまったようだ。

「好いた相手とは深い仲にならないほうがいいって、近頃はそんな気もするんです。君子の交わりは淡きこと水のごとし、なんて格言もありましょう」

「荘子だな」

「わたし、好いなっておもった殿方といつまでも長くおつきあいしたいんです。おたがいに上手に年を取り、看取るか、看取ってもらうか、どちらかが死ぬまで、つきあっていたいんです」

おふじは、豊田新兵衛とも淡い関わりを保ちながら、できるだけ長くつきあいたいのだという。

そんなふうに割り切れぬのが男女の仲ではあるまいかと、絵師はおもった。


翌夕。

霧は、なかなか出てこない。

絵師は霊山橋の手前に立ち、本門寺の総門を描いていた。

――ひんからら。

杜のどこかで、籠抜け鳥が鳴いている。

「駒鳥だな」

背後で声がしたので振りむくと、皺顔の痩せた男が佇んでいた。

還暦は超えていよう。かたぎではない。底光りするような男の艶を秘めている。

「おまえさん、絵師かい」

「ええ、そうですが」

「誰かに頼まれて描いているのか」

「つかぬことを聞くが、あさひ屋という居酒屋はご存じかね」

「ええ、まあ」

「馴染みですよ。ご案内しましょうか」

「いや、いいんだ。女将はおふじっていうんだろう」

「ええ」

「どんな女将だい」

「愛嬌のある人気者ですよ。それが何か」

「いや、それだけ聞けばいい。すまねえ、邪魔したな」

男はにんまり笑い、つっと身を寄せ、金を握らせようとする。

絵師が拒むと舌打ちし、霊山橋に背を向けた。

妙な男だなとおもいつつ、絵師は筆を走らせる。

やがて、残光を浴びた総門や塔頭が夕闇に溶けはじめた。

暮れ六つの鐘を聞きながら、絵師は露地裏へ足を向けた。

行く手には、あさひ屋の赤提灯が揺れている。

「おまえさん、あさひ屋へ行くのかい」

声を掛けてきたのは、さきほどの痩せた男だ。暗がりから身を起こし、刃物のような目を向けてくる。

絵師は身構えた。

「あんた、何者だ」

「おれは辰吉ってもんだ。なあに、しがねえ金貸しよ」

辰吉と聞いて、ぴんときた。

「まさか……あんたは女将の」

「知ってんのかい。ああ、そのとおり、おれはおふじの父親だ。妾腹だが、おふじはたったひとりの娘でな、目のなかに入れても痛くねえ娘さ。でもな、おれはあいつに堂々と逢うことができねえ。何でかって言えば、あいつの母親を死なせちまったからよ」

おふじが十六のとき、母親は流行病に罹って逝った。

「おれは母親の病も知らず、毎晩、呑んだくれていた。ちょいと気を向けていりゃ、死なせずに済んだものを。気づいたときは遅かった。おれは、ふたりに何ひとつ良い目をみさせてやらなかった。あげく、母親を死なせちまった。だから、おふじはおれのもとから去った。引きとめようとしても、取りつく島がなかった。仕方のねえことさ。しかも、あいつはおれの助けも借りず、ああして見世を構えやがった。立派なもんじゃねえか。なあ、おめえさんも、そうはおもわねえか」

「まったくだ」

「ふふ、だからよ、おふじがおれを頼ってきたときは、よっぽどのことだとおもったぜ。もちろん、嬉しかったさ。じつの娘がようやく、父親を頼ってきてくれたんだからな」

豊田新兵衛の窮地を救うべく、おふじは嫌悪する父親のもとを訪ね、下げたくもない頭を下げたのだ。

「あいつが惚れたのは、女房に逃げられた子持ちの同心だった。そいつを知ったときゃ、そら驚かされたさ。でもな、あいつの気持ちもわからんでもなかった。同心の娘は阿呆(あほう)な緞帳役者に騙(だま)され、心中の道連れにされ損なった。おふじも若(わけ)えころ、同じような苦(にげ)えおもいを味わった。ぞろっぺいな男に惚れて、心中騒ぎを起こしやがったのさ。惚れたら一(いち)途(ず)、とことん尽くす性分は母親譲りでな。損な性分さ。おおかた、同心の娘を自分の若えころに、重ねあわせたんだろう」

おふじは俠気をみせたのだと聞き、絵師も納得できた。

「一も二もなく、おれは呑んだ。生真面目(きまじめ)で融通(ゆうずう)の利(き)かねえ同心をカモにしようとおもっていたがな、じつの娘に土下座されたら、うんと言わねえわけにゃいくめえ。ふふ、長(なげ)えはなしを聞かせちまったぜ。わるかったな」

辰吉は淋(さみ)しげに微笑み、赤提灯に背を向ける。

絵師はおもわず、声を掛けた。

「あんた、娘に逢わずに帰るのかい」

「ああ。顔だけでも拝もうとおもったが、見世のまえまで来ると足が止まっちまう。どうしても訪ねる勇気が出てこねえ。迷惑だろうが、おめえさんから、ひとこと伝えてほしい。好きな相手と幸せになるんだぞってな」

「承知した。伝えておこう」

「ありがてえ。おめえさんなら、何となく願いを聞いてくれそうだったんでな。頼んだぜ、あばよ」

辰吉は弱々しく手をあげ、重い足を引きずるように去っていった。


気軽に請けおったはいいが、父親の気持ちをどうやって伝えたらよいか、絵師は悩んだ。

おふじはいつもと変わらず、美味(うま)い肴をつくり、温燗(ぬるかん)の諸白(もろはく)を注いでくれる。

馴染み客たちは与太話に興じ、豊田のことを肴にしようとする者もいない。

夜も更け、ちらほらと家路に向かう者も出はじめたころ、髷(まげ)を乱した豊田があらわれた。

「あら、おめずらしい」

かなり、酔っている。おふじも眉(まゆ)をひそめるほどのありさまで、酔わねば顔をみせられない事情があるようだった。

　豊田は明樽に座るなり、がっくりうなだれた。

「旦那、どうしたの」

　おふじは酒の代わりに、水を満たした湯呑みを差しだす。

　豊田はこれを一気に呷り、充血した目を宙に泳がせた。

　ぽつりと、こぼす。

「あいつが、帰えってきやがった」

「あいつって……まさか」

「そのまさかだよ。十年ぶりに、女房が帰えってきやがったのさ」

　おふじは絶句し、固まったまま動かない。

　絵師は逃げだしたいのを怺え、空唾を呑んだ。

「よ、よかったじゃありませんか」

　おふじは平静を装い、ぎこちない笑顔をつくる。

　豊田は、驚きとも悲しみともつかない眼差しを向けた。

「おめえ、ほんとうにそうおもうのか」

「もちろんよ。だって、夫婦なんですから、いっしょに暮らさなくちゃ」

おふじは後ろを向き、酒に燗をしはじめたが、突如としてその場から離れ、勝手口から飛びだしていった。

豊田の面前では強がって微笑み、外に出てひとりで泣いているのにちがいない。

絵師は心の底から、おふじのことが可哀相（かわいそう）になった。

「くそったれ」

豊田は悪態を吐き、明樽からずり落ちる。

介抱しようとする絵師の手を払いのけ、這うように見世から出ていった。

おそらく、二度とこの見世に戻ることはあるまいと、絵師はおもった。

いったい何を期待して、ここまで足を運んだのか。

おふじが泣いて、引きとめるとでもおもったのだろうか。

それとも、未練がましく、愚痴（ぐち）をこぼすとでもおもったのか。

そうしてほしいなら、堂々と本音（ほんね）をぶつければよいものを、豊田には勇気がなかった。

酩酊（めいてい）してあらわれ、板挟みになった自分の苦悩を晒したにすぎない。

絵師には、豊田が矮小（わいしょう）な男にみえた。

なぜ、戻ってきた妻とはなしをつけ、おふじといっしょになる道を選ぼうとしないのか。

妻を拒むことのできない事情があったにせよ、このようなやり方でおふじの気持ちを傷つけるべきではない。

もはや、焦れったい気持ちを通りこして、腹が立ってくる。

それにしても、おふじのことが案じられた。

ひとりにしてやったほうがいいのか、それとも、励ましてやったほうがいいのか。

振りかえると、馴染みの客で席を立つ者はいなかった。

みな、心配しているのだ。

しばらくして、おふじがいつもどおりの顔で戻ってきた。

「よおし、朝まで呑みあかすぞ」

誰かが調子に乗って叫ぶや、どっと歓声がわきおこる。

「あ、ありがとう」

おふじは泣き笑いの顔で、ぺこりと頭をさげた。

文月十三日は盂蘭盆会の魂迎え、仏間には霊棚を設け、盆花を飾り、門前には苧殻を焚いて門火をつくる。

絵師の家は定火消同心ゆえに、武家の作法で祖霊を迎えなければならない。家人は麻裃を纏い、檀那寺に墓参して祖霊を呼びよせ、白張提灯で道を照らしながら、屋敷まで導くのだ。

十六日の晩に魂送りの送り火が消えるまで、武家屋敷一帯は抹香臭さに包まれる。

しかし、町屋に一歩踏みこめば、賑やかな情景が目に飛びこんできた。道心者は銅鑼や木魚を打ち鳴らし、軒下に切子灯籠の飾られた表通りでは鹿子の着物を纏った娘たちが踊りに興じている。

「ぼんぼんぼんは今日明日ばかり、明日は嫁のしほれ草、しほれ草。しほれた草を櫓へあげて、下から見入れば木瓜の花、木瓜の花」

娘たちの盆歌に誘われ、絵師は蔵前までやってきた。

天王町の華徳院には、仏師運慶の彫った一丈六尺の閻魔像がある。

江戸随一の閻魔像が開帳されるのは、正月一日と藪入りの文月十六日ときまっているので、絵師はかならず足を向けた。

この日に閻魔を拝めば、あらゆる罪悪から免れると信じられており、江戸じゅうから参拝者がどっと押しよせる。予想どおり、華徳院の境内は人で埋めつくされていたが、不思議なもので、知った顔を混雑する参道で見掛けた。

粋な小銀杏髷に黒羽織、豊田新兵衛にほかならない。

周囲の者たちよりも首ひとつ大きいとはいえ、よくぞみつけたものだと我ながら驚いたが、豊田のかたわらには妻女らしき年増とよく似た顔の年頃の娘がぴったりとくっついていた。

豊田はめずらしく饒舌で、妻女に喋りかけては笑っている。

妻女のほうも慎ましげに微笑み、傍からみれば何年も連れ添った夫婦にしかみえない。さらに、幸乃という娘のはしゃぎぶりは尋常ではなかった。たぶん、母親と邂逅したいという積年の夢が叶ったからであろう。

絵師は閻魔像を拝むのも忘れ、福という同心の妻女が失踪した事情におもいをめぐらせた。酩酊した豊田があさひ屋を去った翌晩、馴染み客のひとりがこっそり教えてくれたのだ。

「蛙の子は蛙ってわけじゃねえが、娘も母親と同じ過ちを繰りけえしやがった。十年前のはなしだ。同心の奥方もな、緞帳役者に惚れちまったらしいぜ。そいつと心中騒ぎまで起こしたあげく、家に帰えってくることができなくなったのさ」

妻女の実家は絹糸問屋で、馴染み客はたまさか遠縁にあたるため、こみいった事情を知っていた。けっして、おふじが喋ったのではない。

そもそもの馴れ初めを語れば、福に一目惚れした豊田が三顧の礼で嫁に迎えたのだという。もちろん、身分がちがうため、福をいったん上役の養女にしなければならなかった。

そのための謝礼金を高利貸しから借りてまでも、豊田は福といっしょになりたかった。

「嫁いだはいいが、そこは町屋の娘だ。堅苦しい武家のしきたりは性に合わねえ。最初から不釣り合いな夫婦だったのさ」

案の定、福は娘の幸乃を産んだあと、生来の奔放な性分を発揮しはじめた。

真面目だけが取り柄の豊田をなおざりにし、華やかな舞台で立ちまわる役者に憧れを抱いたのだ。

憧れるだけではなく、焼けつくような恋をした。恋に恋して行きつく果ては、心中である。ところが、心中に失敗ると一気に恋は醒め、うつつに戻されてはじめて、自分のやったことの重大さに気づいた。

不貞の罪は重い。謝って済むことではない。

恥を忍んで家に戻ってきた福を、豊田は当然のごとく拒んだ。

捨てるなら、この場で斬ってくれと、福は泣いて頼んだらしい。

ところが、豊田もそれだけはできなかった。

「できねえどころか、豊田の旦那は涙を溜めてこう言ったらしい。『十年経って気が変わらなかったら、もういちど訪ねてこい。許すか許さぬかは、そのときになってきめる』とな」

なぜ、そのようなおもわせぶりな台詞を吐いたのか。未練があったのだ。未練ゆえに、不貞をはたらかれ、恥を掻かされても、寛大なところをみせてしまった。

十年後の同日、福はしおらしい顔で戻ってきた。不貞の罪はなくなったも同然となり、豊田には拒む理由がみつけられなかった。娘のこともある。幸乃は自分を捨てた母に憎しみを抱くどころか、母を受けいれなかった父の狭い心を責めつづけた。愛娘の心情をおもえば、福を許さざるを得なかったにちがいない。

哀れなのは、おふじである。

おそらく、今頃は心を涙で濡らしていることだろう。貧乏籤を引かされたようなものだ。

絵師は気づいてみると、溜息ばかりついていた。

お盆のあいだじゅう、おふじのことが頭から離れなかった。

おふじはこの十年、儚い夢をみつづけてきたにちがいない。

朝に咲き、その日のうちに萎れてしまう。まさに、槿花一朝の夢に喩えられた木槿のように、可憐な花を咲かせながらも、萎んでいくしかない運命だったのか。

それでは、あまりに哀れではないかと、絵師はおもった。

修羅場（しゅらば）は、数日後にやってきた。

絵師はその日、暮れ六つの鐘を聞くまえから、あさひ屋で呑んでいた。

客はほかにおらず、おふじは仕込みに追われており、ふたりのあいだにはこれといった会話もなかった。

そこへ、豊田の妻女があらわれたのだ。

「ご存じでしょうか。わたし、福と申します」

「あ、はい」

まったく予期せぬ来訪だったので、おふじは呆気（あっけ）にとられた。

福は目を三角に吊り、滑るように近づいてくる。

目鼻立ちの整った顔だが、面窶（おもやつ）れは否めない。十年の苦労が想像できるようだ。

もちろん、身から出た錆（さび）ではあるのだが、是が非でも幸福になりたいという必死さが伝わってくる。

「おまえさんのほうが十は若いね。家を出ちまったころのわたしと同じだ。でも、わたしなんかより、ずっと落ちついている。世間様の常識をわかっているようだし。おふじさんって、呼んでいいかい」

「え、ええ」

「突然でびっくりしたろう。ごめんね。でも、いろいろ悩んだあげく、こうするしかなかったのさ。はっきり言わせてもらうよ。あのひとの気持ちは、おふじさん、あんたにある。それをね、伝えにきたかったのさ」

おふじは目を丸くし、こたえようもなくうつむいた。

本来なら、豊田本人に伝えてほしい気持ちを、いちばん伝えてほしくない相手から告白され、戸惑っているのだ。

「わたしなんぞ、やっぱり戻ってこなけりゃよかったんだ。だいいち、どの面さげて戻ってこられるっていうのさ」

伝法で投げやりな物言いが、福の少しよこしまな外見に似合っている。やはり、町娘の気質が抜けていない。

「孤独に耐えきれなかった。だから、八丁堀へ戻ってきちまったんだよ。あのひとと約束したんだ。十年経ったら、戻ってくるって。わたしはね、その日を指折り数えて待ちつづけた。拒まれるのを覚悟で顔を出したら、あのひとも娘も温かく迎えてくれた。泣けて泣けて、どうしようもなかったさ。こんなわたしでも、待っていてくれたんだとおもったら、天にも昇りたい気分になった。もう、死んでもいいってね。嘘じゃなく、そうおもえたのさ」

だが、はなしはそう単純なものではなかった。

「堅物のあのひとのことだから、好きな相手はできないんじゃないかって、たかをくくっていたんだ。ふん、とんだおもいこみさ。おふじさん、もういっぺん言うけど、あのひとは、おまえさんにほの字だよ。直に告げられたわけじゃないけど、態度でわかるのさ。心ここにあらずってね。そうとわかれば、身を引くしかないだろう。いまさら、豊田新兵衛の妻女ですなんて、胸を張れるものでもないし。だからさ、あんたも……」

と、福が言いかけたときだった。

突如、おふじが手にした出刃包丁を組板に突きたてた。

「お黙り。いったい、何が言いたいんだい。おまえさんのご亭主と相惚れだっておもってんなら、とんだおかどちがいだよ」

「え」

「福さんとやら。わたしゃね、ご亭主のことなんざ、何ともおもってやしない」

「嘘をつくんじゃないよ。こっちはいろいろ調べたんだ。何ともおもっていないんなら、どうして、黒船町の辰吉とはなしをつけてやったんだい。辰吉親分は、あんたのおとっつぁんなんだろう。十六のとき、あんたは父親を捨てた。嫌っている父親に土下座してまで、あんたは豊田新兵衛を助けようとした。惚れていなけりゃ、そこまではできないよ」

「余計な勘ぐりはよしとくれ。辰吉親分にはなしをつけたのは、幸乃っていう娘さんが哀れにおもえたからさ」

「幸乃と自分の若いころを、重ねあわせたってわけかい」

「ああ、そうさ。もう、わかっただろう。あんたがどう勘ぐろうと、ご亭主と関わりはないし、関わろうともおもっちゃいない」

おふじの毅然とした態度に、福は気後れを感じたようだった。

般若のような形相から、穏やかな顔に変わっていく。

「それで、いいんだね」

福は念を押し、ほっと溜息を吐いた。

「おふじさん、おまえさんにその気がないのなら、わたしは気兼ねしないよ。あのひとと幸乃と、三人で仲良く暮らしたいんだ」

「どうぞ、ご随意に。わたしがとやかく言うことじゃござんせんから」

「それじゃ、もう二度と顔はみせないよ。お邪魔さま」

福はぎこちなく笑い、そそくさと敷居の向こうに消えていった。

絵師は息を詰めてやりとりを聞いていたが、大見得を切ったおふじの態度に感動をおぼえていた。

おふじは放心した様子で塩を握り、店先に撒くのかとおもえば、屈んで盛り塩をつくりはじめる。途中でしくしく泣きだしたので、盛り塩は崩れてしまった。

福の気持ちも、わからぬではない。

だが、絶対にわかりたくはなかった。

おふじがあまりに哀れで、居たたまれない。

絵師は掛けることばもなく、不味い酒を呑みつづけた。


二十六夜は月待ちの宴。

絵師は高輪の船宿へおもむき、浴衣芸者が団扇を揺らしながら蒼海に浮かぶ帆船を眺める風景を描いた。

拝むべき月は、池上本門寺の丘陵に登り、御来光ともども仰ごうときめていた。

もちろん、おふじを元気づけようという馴染み客の企てに便乗したのだが、二十六日は朝から曇りがちで、月を得られるかどうか心配なところだった。

おふじは表面だけみれば立ちなおったようだが、時折、包丁を握ったまま俎板をじっとみつめたりしていた。

危ういと察すると誰かが声を掛け、正気に戻してやる。

正気にさえ戻れば、おふじはいつもどおり朗らかに笑い、客の相手をそつなくこなした。

「みなさんには、ほんとうに感謝しております。ありがとう。これからも、どうかよろしくね」

微酔い加減で挨拶し、やんやの喝采を浴びては、返杯の酒を呷りつづける。

まだ吹っ切れていないのはみえみえだが、この見世をつづけていけば、そのうちに豊田のことも忘れてしまうにちがいない。

そうであることを祈りつつも、一方では中途半端なおもいにとらわれている。

馴染みの客たちも同様の気分らしく、やはりどこかで、豊田とくっついてほしいと願っているようだった。

「わたし、お月様に何をお願いすればいいんだろう」

おふじは、酔った勢いで本音を吐いた。

そうこうしているうちに、夕暮れが近づいてきた。

「おい、絵師さんよ。霧が出ているぜ」

誰かが教えてくれたので、絵師はふらりと外へ出た。

霊山橋まで歩いていくと、なるほど、膝のあたりに霧が絡みついてくる。

見上げれば、本門寺は全山霧に包まれていた。

「これだな」

さっそく、絵筆を取りだし、紙にさらさらと描きはじめる。

ふと、橋の手前に立つ人影をみつけ、絵師は手を止めた。

「あれは」

豊田新兵衛だ。

黒羽織のひょろ長い同心が、総門に向かって両手を合わせている。

祈りを捧げるすがたを、絵師はどうしても描きたいとおもった。

人生をあきらめきれぬ男がひとり、目のまえに佇んでいるのだ。

だが、おふじには黙っていよう。

豊田の気持ちを伝えたところで、淋しさをかきたてるだけのことだ。

気づいてみれば、豊田のすがたは夕霧の向こうへ消えてしまっていた。

二十六夜待ちの月は明け方近く、東の空にあらわれる。三つの環に分かれて輝き、各々には阿弥陀、観音、勢至の三尊が坐しておられるという。

明け方をめざし、みなで本門寺の石段を登った。

加藤清正が築いた長い石段を登り、本阿弥家の寄進になる総門の扁額を眺め、二代将軍秀忠の建立した仁王門と五重塔を仰ぎ、祖師堂へと向かう。祖師堂を詣でたあとは右手の石段を下り、池泉や日蓮入寂の跡地などを経巡り、崖の際から東の空をみつめた。

名残惜しげに待ちつづけてはみたものの、ついに、月を仰ぐことはできなかった。おふじを元気づけるはずが、かえって、落ちこませることになったのだ。

しかし、天は、おふじを見放してはいなかった。

翌夕も本門寺周辺が濃い霧に包まれてゆくなか、豊田の娘があさひ屋を訪ねてきた。

幸乃はおふじの目をまっすぐにみつめ、こう言った。

「わたしは、母と暮らします」

それは裏返せば、父との決別を宣言したに等しい。

おふじも勘づいたが、いまひとつ、娘の意図をはかりかねていた。

「十年前に母のやったことは、世間の目でみればとうてい許すことのできないものでした。わたしも母を恨みました。近所の悪童にいじめられ、惨めなおもいもしました。でも、心の片隅では母を許していたのです。なぜ、そうなってしまったのか。年を重ねるごとに、母の気持ちもわかるようにおもえてきた。それとは反対に、赦しを請うた母を拒んだ父が鬼か閻魔のようにみえてきたのです。父は誰かを愛することのできない人間ではないのか。淡々とお勤めをこなし、家ではむっつり押し黙っている。やがて、そんな父が憎らしくなってきて、どうにかして困らせてやろうなどと、莫迦なことを考えるようになりました」

「それで、あんなことをしたの」

おふじが、やんわりと詰った。

「半分は、そうだったのかもしれません。でも、心中なんて大それた事、するつもりはなかったんです。だって、同心の娘が法度を犯したら、父は立場が無くなります。無くなるどころか、切腹を申しつけられるかもしれない。でも、団五郎と水に飛びこむときは、何ひとつ考えられなかったんです。ただ、ふたりの気持ちがひとつになったことが嬉しかった。このまま死ねば、いっしょに極楽へ逝けるとおもってしまったんです」

大川へ飛びこみ、死にきれないとわかったとき、あれほど熱かった恋情も一気に醒めた。

「団五郎は赤子のように『死にたくない、死にたくない』って泣いたんです。もう、このひとには従いていけない。そうおもったら、自分のやったことの重大さが壁のようにのしかかってきた。どうやって、父に詫びよう。どうやったら、父に迷惑を掛けずに済ませることができるだろう」

それればかり考え、気づいてみると、びしょ濡れの恰好で家の門を潜っていた。

「父は顔色も変えずに、端然と座っておりました。そこへ、黒船町の辰吉親分が訪ねてきた。自分がぜんぶ丸く収めるから、黙って従ってほしいと、親分は言いました。父は、ただ黙っていた。あとで知ったことですが、どうしてもやり遂げねばならない一件を抱えていたそうです。役目を辞するのは吝かではないが、途中で役目を投げだすことはできない。父はそういうひとです。ですから、親分の申し出を甘んじて受けるしかなかったのだとおもいます」

幸乃は必死に父を弁解し、声を涸らしながら喋った。

おふじは母親のような優しさで、諭すように応じる。

「事情はようくわかったよ。さあ、冷たいお水でもお呑み」

「ありがとう」

幸乃は水を呑みほし、ぐすっと洟を啜った。

「母はあんな人間です。そばにいてやれるのは、わたししかいない。でも、父はちがいます。父はこの見世をこよなく愛しております。女将さんさえよろしければ、父をもういちど受けいれてもらえませんか。もう、わたしたち、父を解きはなってやりたいのです」

父にさんざ迷惑を掛けてきた。だから、恩返しがしたい。

幸乃は黒目がちの眸子を涙で曇らせ、必死に訴えつづけた。

その様子を、絵師も馴染みの客たちも、固唾を呑んで見守っている。

誰ひとり、口を挟もうとする者はいなかった。

これは、おふじがひとりで決めることなのだ。

幸乃は、血を吐くように言った。

「もういちど、父をお見世に寄こしてもよろしいですか」

一瞬の間があり、おふじはにっこり微笑んだ。

「ええ、もちろん。お客さまを拒むわけにはいきませんからね」

「お客さま」

「そう、あなたのお父上もお馴染みさんのひとり。余計な感情は抜きに、いらしていただけるんなら、歓迎しますよ」

「わかりました。父もそのほうが気楽かもしれません。でも、ひとつだけ、お約束していただけませんか」

「なあに」

「今から十年通いつめたら、父のことを許してくれるって」

勝ち気な娘は涙を拭き、口をつんと尖らせた。

おふじは両手の甲を腰に構え、ぐっと胸を張る。

「ふん、冗談じゃない。十年なんて長すぎて、待てるわけないでしょ」

わざと怒ったそばから、満面の笑みを浮かべてみせる。

「あ、ありがとう」

搾りだされた幸乃の気持ちは、この見世に集うみんなの気持ちでもあった。

——ごおん、ごおん、ごおん。

暮れ六つの鐘が、捨て鐘を三つ鳴らしている。

絵師は風に当たりたくなり、外へ抜けだした。

広小路を突っ切り、霊山橋の手前までやってくる。

霧は、嘘のように晴れていた。

土手の薄は風に揺れ、茜空は鰯雲に覆われている。

「かけはしや峰にわかるる秋の雲」

加藤暁台の句を口ずさみ、川沿いの道を歩きだす。

どうやら、娘が架け橋になってくれたようだ。

おふじには、まだ運がある。

ふたりの行く末を、絵師はゆっくり見守りたいとおもった。

玉(たま)川(がわ)秋(しゅう)月(げつ)

冴（さ）え冴（ざ）えとした月は妖気をはらんでいる。

「この月だな」

と、絵師はつぶやいた。

わずかに欠けた後の月、盛りを過ぎて枯れていく。澄みわたった夜空に、万物の儚（はかな）さを予兆させる名残の月。秋月を描くなら長月（ながつき）十三夜の月がよいと、版元からも告げられた。

ところは甲州街道を西へ六里ほど進んだ府中（ふちゅう）のさき、漆黒（しっこく）の羽衣（はごろも）となって横たわる玉川の岸辺には、柳の古木が女の濡（ぬ）れ髪のような枝を垂らしている。

強い北風さえ吹けば、悽愴（せいそう）とした景観に出逢（であ）えるかもしれない。

それを期待しながら絵筆を走らせていると、左手に繁る荻原から頬被（ほおかむ）りの人影があらわれた。

「鵜飼（うか）いか」

狙いは落ち鮎（あゆ）だ。

しかし、玉川は公方（くぼう）が鷹狩（たかが）りならぬ「川狩り」を楽しむお留め川でもあった。漁期は卯（う）

月の朔日から葉月の朔日までと決められており、それ以外の季節での漁は密漁にほかならない。見張番に捕まれば厳しい仕置きが待っていた。

それでも、鵜飼いらしき男は大胆にも膝上まで川へ浸かり、何をするのかとおもえば投網を持ちだす。

「ねいっ」

押し殺したような気合いともども投網を打ち、しばらくじっと待ちつづけたのち、投網を巻きとってまた打とうとする。

「ねいっ」

独特の気合いに聞き耳を立てていると、突如、対岸の闇が蠢いた。

――じぇっ、じぇっ。

鋭い鳴き声とともに羽音が響き、鴫の群れが飛びたっていく。

驚いた男は網も鵜も手放し、尻っ端折りで一目散に逃げてきた。

「ぬひぇっ」

絵師と鉢合わせになって尻餅をつき、濡れ鼠の恰好で拝みつづける。

「ご勘弁を。どうかご勘弁を」

謝られても困る。

絵師は落ちつきはらった口調で諭した。

「やめてくれ。わたしは役人ではない。ほら」

描きかけの下絵をみせると、男は魚を飲んだ鵜のような顔をした。

「ご覧のとおり、わたしは絵師だ」

「絵師」

「さよう。玉川に映る秋月を描いておったのだ」

「玉川の秋月を」

男は頬被りを外し、自分の肩越しに月を振りかえる。

「妖しい輝きであろう。わずかに欠けた後の月、仲秋の名月とともに愛でねば片月見と称し、災厄に見舞われるともいう」

「ふん、そいつは遊女屋のはかりごとだ。やたらに紋日をつくり、阿呆な客を呼ぼうとしているのさ」

鵜飼いにしては、横柄な口の利き方だ。

齢は四十前後か。絵師よりも少し若い。

こちらがむっとしたのを察してか、男はぎこちなく笑う。

「おっと、忘れるところだ。鵜を取りに戻らねばならぬ。絵師どの、ちと手伝うてくれぬか」

　おもしろそうなので、男の背に従った。

「絵師どのはご存じなかろうが、玉川沿いで御菜鮎の上納御用を勤める村は四十六ヶ村におよぶ。それらの村が四つの仲間に分かれ、長年、競うように獲ってきたものだから、鮎は目に見えて減った。漁の許された時期を外さねば、まず、獲物にはありつけぬ。ゆえにこうして、危ない橋を渡っておるのよ」

　幕府も若鮎を守るべく本腰を入れ、今期から登り梁の御禁令が出されたこともあって、鮎漁の手法は鵜飼漁となった。ただし、絵師の知る玉川の鵜飼漁は、たいてい昼間に行われる。鵜匠が徒歩で二羽の鵜を操り、鵜先網を曳く勢子たちを従えておこなう。

「そのとおり。わかっておるではないか。獲れた鮎は生簀箱に入れ、筏に載せて拝島村などの会所へ運ぶ。会所で籠に詰められ、鮎を専らにする運び人足が甲州街道を疾風のように駆けぬけるという寸法さ」

　竹の小籠に詰めるのは十尾で、小籠五つを大籠に納める。人足は百尾の鮎が詰まった大籠ふたつを一荷として天秤棒で担ぎ、一晩中街道を駆けどおし、江戸城の御賄所へ運びこむ。

　人足の手間賃などは、すべて村の負担となる。決まった量だけ上納すれば残りは市場で売ってもよい。ともあれ、玉川流域の人々は鮎によって生計（たつき）を立てている。

当然のごとく、命の源ともいうべき鮎を盗めば、重い罪は免れない。

それでも、密漁は後を絶たず、月のある晩には偽の鵜匠が跋扈（ばっこ）するという。

「なぜだか、わかるか。ぬへへ、香魚（こうぎょ）を盗むのは、おなごの気持ちを盗むのに似て難しいからさ」

わけのわからぬ台詞（せりふ）を吐（は）き、男は不敵な笑みをこぼす。

川辺にたどりついてみると、二羽の鵜がちゃんと待っており、嘴（くちばし）に一尾ずつ見事な落ち鮎をくわえていた。

「おほほ、こやつら、飼い主が逃げてもちゃんと仕事をしておったぞ」

「偉い連中だな」

「人よりも遥（はる）かに扱いやすい。可愛（かわい）いやつらよ」

男は調子外れの声で、運び人足たちが口ずさむ鮎歌を歌いだす。

「鮎はなあ、鮎は瀬にすむ、鳥は木にとまる、人は情けの下にすむ」

男の素姓（すじょう）が気になっていたので、絵師はおもいきって尋ねた。

「貴殿は侍か」

「ふふ、わかるかね、やはり」

腰に大小は無くとも、月代の剃り方や物腰でわかる。

鵜飼いに化けた男は、ぺこりとお辞儀をした。

「拙者、石野忠左衛門と申す」

「はあ」

「そっちも侍のようだが」

「本職は定火消同心でござる」

「火消しが景物を描くのかい」

「下手の横好きというやつで」

「わざわざ、江戸から足を運ぶとはな」

「玉川でなければ描けぬ月もあろうかと」

「ふうむ。そこがわからぬ。月なんぞ、どこで観ても同じであろうが。ま、風流を解さぬ無粋者ゆえ、ご勘弁願いたい。じつは、拙者も今は江戸に住んでおってな。甲州街道沿いの忍原横町はご存じかね」

「ええ。表通りの緩やかな坂道はたしか、女夫坂と呼ばれておりましたな」

「女夫坂に五平店という裏長屋がある。そこに妻を残してきた」

「ご新造を」

「名はまつ、年は二十歳よ」

「二十歳」

「夫の拙者が申すのも何だが、近所でも評判の美人でな、鼻の下を伸ばした親爺どもに三味線を指南しておるのさ。むふふ、所帯持ちであることを隠さねば弟子が集まらぬゆえ、表向きは兄という触れこみで同居しておるのだが、兄としては始終家を空けねばならぬ。むさい男がそばにおったら、弟子たちも鼻白むであろうからな」

　それなりの事情があって鵜飼いに化けたのだと、石野は言いたげだった。

「江戸の町をうろついておっても、浪人狩りにあうのがおちだ。さりとて、朱引きの外に出るとなれば、どうしても地縁のある玉川まで来てしまう。そもそも、拙者は八王子千人同心の三男坊でな、幼い時分からこのあたりを遊び場にしておったのさ」

「なるほど」

「一生洟垂れ小僧のままでいられれば、どれだけ楽なことかのう。気づいてみれば、婿の行き先もない厄介者になっておったわ」

　双親にも兄や嫂にも疎まれ、居たたまれなくなって家を飛びだしたものの、江戸に出たところで食うあてがあるでもなし。こうして、お上の目を盗み、落ち鮎を獲って宿場で売るのが関の山だという。

「いずれは誰かに捕まえてもらい、三尺高い栂の木のうえで磔にされるのを待っているようなところもある。いっそ、死にたい。ほとほと、情けない自分が嫌になってくる」

長々と溜息をついてみせるのだが、心の底から悩んでいるふうでもない。

飄々とした風情に好感を抱きつつ、絵師は石野のはなしに耳をかたむけた。

「おまつとは親と子ほども年が離れておるが、拙者は頭があがらぬ。なにせ、ご覧のとおりの小悪党、剣術もろくにできぬ臆病者ゆえ辻強盗にもなれぬ。わしは甲斐性のかの字も知らぬできそこないでな。稼ぎはすべて妻に任せきり、傘張りひとつできやせぬ。わしが妻なら、疾うに見切りをつけておろう。ぐうたら亭主をぽいと捨て、どこぞの金持ちの後添えにでもなっておろうがな。いや、すまぬ。長々と愚痴を聞かせてしもうた。絵師どの。して、今宵の宿は何処に」

「府中でござる」

「いつまでご滞在か」

「明日は高尾山に登り、火伏せの札を貰ってこようかと。帰路のついでに高幡不動の汗かき御本尊も拝み、府中でまた一泊するつもりです」

「なあるほど。お役目柄とは申せ、ご苦労なことよの。されば、明晩は府中の旅籠におられるのだな」

「いかにも」

「旅籠の名を教えてくれぬか」

「ひさご屋ですが、何か」

「折り入って頼みたいことがある。明晩、旅籠を訪ねてもよろしいか」

「かまいませぬが、頼みとはどのような」

「じつは、死に絵を一枚描いてほしいのだ」

石野は濃い眉を八の字にさげ、淋しげに微笑んだ。

風に運ばれ、馬糞の臭いが漂ってくる。

二日後の夕刻、絵師は内藤新宿まで戻ってきた。

それにしても、厄介な頼みを安請けあいしたものだ。

昨夜、石野忠左衛門は府中の旅籠にあらわれ、酒の力も借りながら綿々と語りつづけた。

「おまつは幸薄いおなごでな。忍藩の江戸屋敷に出仕する勘定役人の一人娘であったが、五年前、拠所ない事情から天涯孤独の身となった」

父親が上役から横領の罪を着せられて無念腹を切り、代々仕えてきた家は改易とされた。母を早くに亡くし、兄弟姉妹もない十五の娘は世間の荒波へ抛りだされ、途方に暮れるしかなかった。

　父親が生前に多額の借金をしていたなどと信じこまされ、見も知らぬ高利貸しに騙されたり、道端で白昼堂々拐かされ、岡場所に売られかけたこともあった。不幸のどん底に堕ちる寸前で、たまさか知りあったのが石野忠左衛門にほかならず、石野本人に言わせれば「同情がすぐさま恋情に変わり、何の因果か、ひとつ屋根の下で暮らすようになった」のだという。

　生活の手段を変えながら江戸の町を転々とし、ようやく、二年前に今の五平店に落ちついた。夫婦ではなく、兄妹という触れこみで同居し、三味線指南の看板を掛けた途端、隣近所の親爺どもが集まってきた。

「束脩なんぞ、たかが知れている。暮らし向きは、けっして楽ではない。そこに、家主の五平がつけこんできた」

　忍藩領の秩父に縁がある絹糸問屋の後妻にならぬかと、仲人口を利いてきたのだという。

「絹糸問屋の主人は還暦を超えた爺さまでな、何年かまえに正妻を病気で亡くしておった。一人息子は嫁取りも済ませ、暖簾を継がせる段取りも終えた。あとは悠々自適に隠居生活を送るのみ、余生の伴侶にどうかと言ってきたのさ。わしはむかっ腹が立った。おまつも即座に断ったが、よくよく考えてみると、わるいはなしではないような気がしてきた」

石野は苦しげに、存念を搾りだした。

「隠居の世話になれば、おまつは今よりも格段に楽な暮らしができる。それだけは火を見るよりも明らかだ。となれば、自分は身を引くしかない」

一大決心したときから、呑む打つ買うの三道楽煩悩にうつつを抜かし、愛想を尽かされようと仕向けた。が、いくら嫌われようとしても、おまつは意に介さず、石野のもとから離れようとしない。いっそ、死んでしまおうかとも考えたが、いざとなれば死ぬ勇気もない。

「どうすべきか迷っていたやさき、これも天命か、絵師どのに出逢うことができた」

要するに、死に絵を描いて死んだことにすれば、おまつもあきらめてくれるのではないかと、石野は目を輝かせた。

「わしはおまつの足枷だ。わしのような疫病神さえ居なくなれば、おまつは幸せを摑むことができる。伴侶が死んだとおもえば、あきらめもつく。それが人というものであろう。の、そうはおもわぬか」

うなずきもしなかったが、申し出を断ることもできなかった。

なぜ、嘘つきの片棒を担いだのか、今でもよくわからない。

妻女に死に絵を届けるなどと、それこそ甲斐性無しの浅知恵にしかおもえなかったが、石野の必死さにほだされてしまったのだ。

杏子色の夕陽が裏長屋の狭間に浮かんでいる。

昨夜の雨に叩かれて散った金木犀の花弁が、どぶ臭い道を黄金色に染めていた。

ふいに三味線の音色が途切れ、好色そうな親爺どもが奥の部屋から出てくる。

絵師は覚悟を決めて歩きだし、なかば開いた扉に近づいた。

「もし、おたずねいたす」

「はい、どちらさまでしょうか」

薄暗がりから、卵形の可憐な顔が覗いた。

おまつか。

はっと、息を呑む。

肌は白磁のように滑らかで、黒目がちの瞳は一目千両と呼ぶにふさわしい。

なるほど、これだけの縹緻ならば、金持ちの隠居に見初められるのもわかる。

絵師はこれからつく嘘を隠そうと、無理に声を張った。

「石野忠左衛門どののご遺言を伝えにまいった」

「遺言」

おまつは口をきりりと結び、探るような眼差しを向ける。

絵師はたどたどしい口調ながらも、頭で何度も反芻した口上を述べた。

「石野どのとは、昨夜、府中の旅籠で知りあった。鵜飼いに化け、玉川で落ち鮎を獲ったと自慢しておられたが、旅籠の湯場で急にお倒れになり、介抱も虚しく、帰らぬ人となってしまわれた」

「まあ」

と言ったきり、おまつはことばを失う。

絵師は、ごくっと唾を呑みこんだ。

「ご新造、お気を確かに。つづけてもよろしいか」

「は、はい」

「拙者はいまわに立ちあい、ご新造へのご遺言を預かってまいった」

「さようでしたか。それは、ご面倒をお掛けいたしました」

おまつは気丈にも武家出身の娘らしく、夫の死を悲しむよりもまえに、旅で知りあっただけの絵師に迷惑が掛かったことを詫びた。

「わしのことはいい。石野どのは、ひとり遺されるおまつどののことを案じておいでであった」

「夫は、いまわに何と申しましたか」

「ふむ」

絵師は乾いた口を舐め、掠れた声を漏らす。

「幸せになってくれ。ひとこと、そう伝えてほしいと仰った」

「幸せになってくれ」

「おそらく、後添えの件ではないかとおもう。これは拙者の憶測にすぎぬが、夕餉の際に自慢話をお聞きしたもので」

「自慢話」

「石野どのはご新造の縹緻を自慢しておられた。方々から後添えのはなしもあると仰ったものだから、つい」

「さようでしたか」

「それから、このようなときに何だが」

絵師は済まなそうに断ったうえで、石野から預かった鮎の塩漬けを差しだす。

さらに、懐中から紙を一枚取りだし、床にひろげてみせた。

「それは」

「死に絵にござる。拙者は絵師ゆえ、これくらいしかできませなんだ」

「夫の死に顔ですか」

おまつは絵をとっくり眺め、小さくうなずいてみせた。

「まちがいござりません。石野忠左衛門です」

「さようか」

ほっと胸を撫でおろしたところへ、おまつが膝を躙りよせてくる。

「絵師さま、このとおりにござります」

深々とお辞儀をされ、絵師はうろたえた。

「なぜ、そのように頭をさげる。やめてくれぬか」

「いいえ。そういうわけにはまいりませぬ。これも何かのご縁。絵師さまには最後までお付きあい願います」

「最後まで」

絵師は、おまつの真意をはかりかねる。

「夫はあのとおり、惨めで頼りない人ですが、わたくしは石野がいなければ生きていけません」

「え」

「甲斐性なぞ、なくてもいい。あの人は誰よりも、優しい心根を持っておられます。わたくしを、だいじにおもってくれている。この世にたったひとりでいい。自分を心からだいじにおもってくれる人がいれば、どうにか生きていけそうな気がする。わたくしにとって、石野忠左衛門はかけがえのない人なのです」

おまつの気持ちは、まっすぐで強靭だった。

絵師は抗いがたい何か、神々しさを感じた。

石野にとっては、眩しすぎるかもしれない。

だが、おまつは眩しいだけの女ではなかった。

「石野が死んだと仰るなら、わたくしもあとを追います」

言うが早いか、つっと立ちあがり、俎板の脇から出刃包丁を拾いあげる。

「な、何をする」

「これでのどを突きまする」

「待て、早まってはならぬ」

絵師は草鞋のまま床にあがり、おまつを羽交い締めにした。

「お放しください。この気持ち、他人様には理解できようはずもありませぬ。石野が死んだとなれば、わたくしも逝かねばなりませぬ。後生ですから、お放しください」

腕を振りほどこうとするおまつを、絵師は必死に抑えつける。

「待ってくれ、すまぬ。拙者は嘘をついた。石野忠左衛門は生きておる。だから、落ちついてくれ」

強張った細いからだから、すっと力が抜けた。

おまつは冷静に包丁を片付け、きっと睨みつける。

「うっ」

絵師はたじろいだ。

やはり、慣れない嘘をつくものではない。

「すまぬ。許してくれ。こうでもしなければ、ご新造が踏んぎりをつけられぬと、石野どのが仰ってな」

「何の踏んぎりです」

「自分を捨て、金持ちの後添えになればいい。それが幸せを摑む近道だと、石野どのは仰った」

「それで、死に絵などという姑息な手を考えたのですね」

「もしや、ご新造は最初からわかっておったのか」

「もちろんです。あの人はいつも、見え透いた嘘をつくのです。旅籠の湯場で倒れたなどと、そんなことがあってなるものですか」

　怒りで頬を染める仕種すらも愛らしい。

　絵師は何やら、無性に腹が立ってきた。

「わからぬ。なぜ、ご新造はそこまで石野忠左衛門にこだわるのだ。失礼ながら、あの御仁は鵜飼いに化けて鮎を掠めとろうとする小悪党ではないか。誰がみても、おまつどのとでは釣りあわぬ」

「他人様にどうおもわれようが、いっこうに気になりませぬ。石野は五年前、道端に捨てられたも同然のわたくしを拾ってくれました。心の底から哀れにおもい、惨めな捨て犬を拾ってくれたのです。どれほど、嬉しかったことか。あのときの気持ちは、死ぬまで忘れられるものではありません。あの人がどうおもおうと、わたくしの心は小揺るぎもいたしません」

　けっして揺れることのない堅固な心がかえって、石野にとっては負担なのではなかろうか。

　石野忠左衛門は辛いのだ。甲斐性のない自分があまりに惨めで、情けないのだ。

　とどのつまり、逃げだすしかなかったのだろうと、絵師は憶測したが、どうやら、逃げた理由はそれだけではなさそうだった。

「わたくしは武士の娘、無念腹を切った父の恨みを晴らさねばなりません」

「え」

「奇異におもわれますか。敵を討つことが」

「い、いや」

「わたくしは本懐を遂げねばなりません。そのためにはどうしても、石野の助太刀が要るのです」

　敵はすでにわかっていると、おまつは声をひそめる。

「忍藩勘定吟味役、横内源太夫にございます」

　五年前、横内は勘定方の組頭であったが、あれよという間に出世を遂げ、いまや、江戸藩邸にて藩財政を司る中心人物となった。

「横内は父の上役でした。何千両という公金を横領し、みずからの出世のために使ったのです。そして卑劣にも、悪事を嗅ぎつけた父を罠に嵌めました。父はひとことも弁明せず、借家の片隅で無念腹を切りました。『すまぬ、おまえは生きろ。情けない父を許せ』とだけ言い、勝手にあの世へ逝ったのです。わたくしは父を恨みました。『おまえは生きろ』という父の遺言に縛りつけられ、死ぬこともできず、惨めなおもいを抱えたまま、今日まで生きながらえてきたのです」

　つい最近まで、敵を討とうなどとは考えてもいなかった。

なにせ、父が罠に嵌められたことすら知らなかったのだ。

「五年も経って、見も知らぬお侍が長屋を訪ねてまいりました」

姓名は長谷部重四郎、忍藩の藩士を監視する横目付であった。

長谷部はおまつと石野を面前に座らせ、まずは忍藩の惨状を嘆いてみせた。

いまや、藩財政は逼迫し、国元では一揆や打ち毀しが頻発している。にもかかわらず、江戸藩邸の重臣たちは何ら有効な手を打とうともせず、夜ごと料理茶屋に通っては埒のない密談を繰りかえしている。昨年から第二代藩主となった松平忠彦は生まれつき病弱ゆえに心もとなく、藩政に目を配る余裕もない。それをよいことに、奸臣どもが藩政を牛耳り、ほしいままに公金を使っている。心ある一部の重臣はそうした惨状を嘆き、頭を悩ませているという。

そして、まっさきに排除すべき奸臣こそ、横内源太夫にほかならないと前置きし、ようやく本題を切りだした。

「敵討ちをやらぬかと、そう仰ったのです」

おまつには横内を討つ正当な理由があると強調し、長谷部は五年前の経緯を説明した。

無論、藩の窮状を一個人の責めとするには無理がある。そもそも、忍藩は歴代藩主が幕府の要職に就いたせいで出費が重なり、藩財政はいつも火の車だった。九代つづいた阿部家に替わって、奥平信昌を祖とする松平家が伊勢桑名藩より移封となったあとも、十万石という石高にくらべて家臣団が多すぎたために藩財政は逼迫した。入部した翌年には領民たちに重税を課すなどの負担を増やし、以後十有余年が経っても改善の兆しはない。

不満が爆発する土壌は以前から燻っており、一概に無能無策な重臣たちのせいとも言い切れなかったが、おまつにとってそのような難しいはなしはどうでもよかった。

「長谷部さまは、わたくしさえ望めば、敵討ちの段取りはつけようと仰いました。ただし、ひとつだけ条件がござります。『おなごひとりでは正規の許しは下りにくい。夫である石野どのの助太刀があれば何とかなる』そのように説かれ、一も二もなく、わたくしは父の敵を討つ覚悟を決めたのでござります」

藩の命運がかかっていると煽られたところで、何の感慨も湧かなかった。父の無念だけが胸に渦巻き、おまつは後戻りできなくなってしまったのだ。

「石野もそのときは同意してくれました。『刀を取り、ともに雄々しく闘ってみせる』と、胸を叩いたのです」

ところが、いろいろ調べてみると、横内源太夫は小野派一刀流の免状持ちだということが判明した。還暦に近い年齢とはいえ、紛れもない剣客である。まともに闘って勝てる相手ではない。

そのことを悟った途端、石野の態度は変わった。

「わたくしに何とかあきらめさせようと、あらゆることばを使って説得し、やがて、それが無駄な努力だとわかると、家から逃げだしました」

「なるほど。そうした事情があったのか」

絵師はすっかり、はなしに聞き入ってしまった。

「でも」

と、おまつは胸を張る。

「あの人は帰ってきます。いいえ、わたくしがきっと、帰ってこさせてみせます。絵師さま。どうか、わたくしをお助けください」

「助ける。拙者が」

「あなたさまにしか、できぬことにござります」

いったい、何をすればいい。

「わたくしの死に絵を描いてください」

おまつは眸子(まなこ)を瞑(つむ)り、顔をすっと差しだした。

「今宵は望月(もちづき)ゆえ、わたくしの内に宿る小さな命が早く出たい、早く出たいと暴れだすやもしれませぬ」

「まさか。身籠もっておられるのか」

「はい」

「そのことを、石野どのには」

「告げておりませぬ」

隙間から射しこむ残光が、物悲しげな横顔を照らしだす。

そのあまりの美しさに、絵師はおもわず眸子を奪われた。


赤坂の氷川神社へは、青山の武家屋敷を縫うように向かう。

境内には飯桐の巨木が植わっており、高みの梢には熟した赤い実が葡萄の房のようにぶらさがっていた。

五平店を訪ねた数日後、絵師はおまつの死に絵を携え、氷川神社の裏手にある猥雑な露地裏へ足を踏みいれた。小便臭い隘路に沿って安価な女郎屋が軒を並べ、おまつによれば石野忠左衛門はそのうちのひとつにいるはずだという。

馴染みにしている女郎屋の名もいくつか聞いていたので、石野の所在はすぐにわかった。

饐えた臭いを嗅ぎながら訪ねてみると、窶れた顔の男が寝間着を肩に引っかけ、寝ぼけ眸子を擦りながらあらわれた。

薄汚れた部屋の隅には紫煙が濛々と立ちのぼり、半裸の女郎が死んだようにうずくまっている。

「わしに何か用か」

と、石野は不思議そうな顔をした。

どうやら、こちらの顔を忘れてしまったらしい。

「わしだ。ほら、玉川秋月の」

「あっ」

と声を漏らし、石野は絵師を薄汚い部屋に招じいれた。

女郎は気怠そうに顔をあげ、起きようともせず、また眠りに就く。

色黒で肥えたからだつきは、まるで、午睡を貪る雌牛のようだ。

「あれは気にせんでくれ」

石野は無精髭のまぶされた顎をしゃくり、臭い息を吐きかけてくる。

「で、どうだった。おまつは信じたか」

「信じるどころか、ちとまずいことになった」

「まずいこと」

「ふむ。言いにくいはなしだが」

　絵師は雌牛の様子を窺い、わざとらしく声をひそめる。

「ご新造は自刃なされた。おぬしがこの世から居なくなれば、生きている意味もないと仰ってな。おもむろに小さ刀を取りだし、拙者の目のまえでのどを突いたのだ」

「げえっ」

「気がつけば、あたりは血の海だった。急いで町医者を呼んだが手遅れでな、すまぬことをした。このとおりだ」

　絵師が頭を垂れても、石野は身じろぎもしない。

「まことか……ま、まことに、おまつは死んだのか」

　声を震わせ、突如、野獣のような唸り声をあげた。

「ぬおおお」

　女郎が跳ねおき、部屋から飛びだしていく。

　石野は充血した眸子を剥き、絵師を睨んだ。

「おまつは、まことに死んだのか」

「証拠をみせよう」

　絵師は懐中から、一枚の絵を取りだした。

「死に絵だ。ほら、安らかな顔であろう」

石野は絵を奪いとり、口をへの字にまげた。

強張った顔が、次第に泣き顔になっていく。

「せめてもの供養にと、筆をとった。絵師にできるのはそれくらいしか」

「言うな。何も言うな……うう、くそっ」

石野は我慢の限界を超え、おいおい泣きはじめる。

溢れる涙が墨を滲ませ、おまつの顔が溶けていく。

「ああ……おまつが、おまつが」

絵師は哀れにおもったが、真相をばらせば元も子もない。

「通夜がある。いっしょにまいろう」

労るように囁き、石野の肩に手を置いた。

まったく、男というものは莫迦な生きものだ。

女はすぐに嘘を見抜いたのに、男は嘘を見抜くことができない。

しかも、自分で仕掛けたのと同じ嘘にいとも容易く引っかかってしまう。

いずれにしろ、石野忠左衛門がおまつに惚れていることはよくわかった。

五平店には鯨幕が掛かり、抹香の香りがあたりに立ちこめている。

「騙すなら、とことん騙します」

おまつも宣言したとおり、手の込んだ支度が整っていた。

どこから集めたのか、数珠を握った男女が訪れては、うつむきながら去っていく。

そうした人々と挨拶を交わし、石野忠左衛門は蒼白な顔で重い足を引きずった。

「あ、石野さま」

駆けよってきたのは、家主の五平である。

黒紋付きに袴を着け、鼻や目まで赤く腫らしている。

芝居だとすれば、ずいぶん念の入った芝居だった。

「いったい、今の今までどこにおられたのだ」

まさか、女郎屋に入りびたっていたとも言えず、石野は仏頂面で黙りこむ。

「まったく、あなたというお人は」

「すまぬ。いろいろ迷惑を掛けた」

家主は溜息をつき、石野の背中を押した。

「さあ、早く行っておあげなされ」

「くそっ。わしが妙なことを頼まねば、こんなことにはならなかったに」

絵師は怒りの矛先を向けられ、いきなり胸倉を摑まれた。

「おやめなされ」

家主が割ってはいる。

「後悔先に立たず。石野さまのせいですぞ。おまえさまがしっかりせぬから、おまつどのは逝ってしまわれたのだ。本懐も遂げられず、さぞかし無念でありましょう」

「なにが無念だ。たかが家主の分際で、なぜ、本懐のことを知っておる」

「長屋で知らぬ者なぞありませんよ。知らぬは亭主ばかりなりとね。ま、いまさら、どうでもよいことでしょう。こちらにお越しなされ。さあ、故人のお顔を」

家主に導かれ、石野は悄然とした面持ちで足を運ぶ。

仏壇の手前には寝床が敷かれ、白装束のおまつが眠っていた。小さ刀で突いたのどには痛々しげに布が巻かれている。

白い布を取りはらうと、目を閉じた蠟人形のような顔があらわれた。

「おまつ、おまつよ。うう……わしが、わしがわるかった。もう離れぬ。どんなことがあろうと、おぬしのそばを離れぬ」

言うが早いか、石野は小太刀を抜いた。

自らの腹にあてがい、突きさそうとする。

絵師は固まり、呆然とみているしかない。

「うわっ、おやめなされ」

家主が叫んだ。

刹那、蠟人形がぱっと目を開けた。

跳ねおきるや、手刀で石野の籠手を叩く。

「うっ」

小太刀が転げおち、畳に刺さった。

おまつは膝をたたみ、石野の正面に正座する。

三つ指をついて顔をあげ、こともなげに言った。

「お帰りなされませ」

「ふむ」

石野はきまりわるそうにうなずき、ぽりぽりと月代を掻く。

しばらく経ってようやく事情が呑みこめたのか、絵師に向かって、はにかんだように笑った。

おまつは表情も変えず、静かに言ってのける。

「おまえさま、助太刀をお願いできましょうか」

「無論だ」

石野は苦々しくうなずき、溜息をついた。

長月二十三日、夕刻。

夕陽を浴びた吾亦紅が、微風に揺れている。

のちに浄瑠璃の演目ともなる回向院の敵討ちは、勧進相撲が催される本所回向院の境内にておこなわれた。

討手のおまつは全身白ずくめで白鉢巻きを締め、白襷に白い手甲まで塡めている。背後に控える石野忠左衛門は垢じみた着物に柿色の襷を掛け、骨董商に借りた大小を腰に差していた。

一方、敵の横内源太夫は媚茶の羽織に袴を着け、額には鎖鉢巻きを巻いている。剣客らしく余裕たっぷりに構え、少しも焦った様子はない。ただ、目付の命でこの場に呼ばれたことが不満のようだった。

見届役は忍藩横目付の長谷部重四郎以下三名、正規の敵討ちにしては少ない。

そのかわり、見物人の数は多かった。

人垣を三重に築き、みな、勝負の行方に固唾を吞んでいる。

頃合いよしと踏み、大柄の長谷部が朗々と口上を述べた。

「横内源太夫さま、すでにお達しのとおり、御身(おんみ)に振りかかった疑念を晴らすには、本日の勝負で勝ちのこるしかござりませぬぞ」

「もとより、承知しておる。かような茶番を仕組んだのが、目付の工藤監物(くどうけんもつ)さまであることもわかっておるわ。工藤さまは常日頃から、立身出世を遂げたわしを目の敵にしておった。かような姑息な手段を講じるとは夢にもおもわなんだが、まあ、よかろう。わしに恨みを持つ者がおるなら、手もなく返り討ちにし、五年前の疑惑をすっきり晴らしてくれようぞ」

「されば、ご両者、尋常に勝負なされよ」

「のぞむところ」

と発したのは、赤い唇(くち)もとがやけに目立つおまつであった。

小太刀を習ったというだけあって、腰つきが決まっている。

ところが、背後に控える石野は及び腰で、刀がじつに重そうだった。

かたや、横内は鬢(びん)に白いものが目立つとはいえ、一刀流の達人である。

「歯が立つまい」

と、見物人の誰もがそうおもっていた。

「いざ、まいる」

横内は大胆に間合いを詰め、すらりと刀を抜いた。

見物人のあいだから、ほうっと感嘆の溜息が漏れる。

「石野とやら、前へ出てこい。臆病者め、おなごを楯に取る気か」

「うるさい」

煽られて前面へ躍りでた石野は、泣きそうな顔で叫んだ。

絵師は事前に奇策を知らされていたが、成否は五分五分だとおもっている。

石野はぎこちなく刀を抜き、みずからを鼓舞するように唾を飛ばした。

「おまつ、わしが死んだら骨を拾うてくれ」

「はい」

横内と石野が対峙した。

双方とも相青眼に構え、真横から夕陽を浴びている。

夕陽を背にしたほうが優位であることは自明で、横内はじりっと位置を変え、気づいてみれば背に夕陽を負っていた。

石野は、眩しげに目を細める。

「へやっ」

先手を打ったのは、横内のほうだった。

小手調べのつもりで突きを見舞うと、石野は受け太刀もできずに尻餅をついてしまった。

「くふふ、口ほどにもないやつめ」

余裕をみせて二の太刀は繰りださず、首を捻っておまつを睨みつける。

「そなたの父は腰抜けじゃった。たった三両の金欲しさに盗みをはたらき、命じられてもおらぬのに腹を切った。これが真実じゃ。わしが罠に塡めたなどと、言いがかりも甚だしい」

「嘘です。父が公金を盗むはずがありません。あなたは嘘をついておられます」

「ふん、気丈な娘よ。あの父にしては、なかなかの根性をしておる。今ならまだ間に合う。土下座して謝るなら、許してやってもいいぞ」

「黙れ、下郎」

おまつは小鼻をぷっと張り、小太刀を抜いた。

逆手に持ちなおすや、倒れるように駆けだす。

たたたと軽快に駆け、躊躇いもなく、横内の懐中へ飛びこんだ。

「莫迦め」

一閃、強烈な火花が散った。

弾かれた小太刀が、空に高々と舞っていく。

見物人たちは口をぽかんと開け、小太刀の行方を目で追った。

と、そのときである。

いつのまにか、横内の背後にまわっていた石野が妙な掛け声を放った。

「ねいっ」

横内は驚き、背後を振りむく。

「おっ」

石野忠左衛門は、西日を背にしていた。

眩しげに目を細める横内の頭上へ、怪鳥の影が覆いかぶさってくる。

「な、何じゃこれは」

「鵜飼いの投網でござるよ」

「うぬ。くっ」

横内は逃れようとしたが、もがけばもがくほど目の細かい網がからみついてきた。

おまつが叫んだ。

「誰か、お刀をお貸しください」

すかさず、石野が駆けよった。

「おまつ。ほれ、これでとどめを刺せ」

「はい」

おまつは石野の小太刀を逆手に構え、たたたと駆けていく。

見物人たちはおもわず、拳を握りしめた。

「父の敵、お覚悟」

おまつは、網のうえから突きかかる。

白刃は編み目を抜け、横内の腿を串刺しにした。

「ぬげっ」

血飛沫が噴き、白装束を深紅に染めた。

おまつは両手を柄から放し、腰を抜かしてしまう。

横内は手負いながらも、どうにか網から脱出した。

だが、顔から血の気は失せ、立っていることもできない。

「うぬ……ぬぬ」

白刃は内腿の太い脈を断っており、出血がひどかった。

「悪党め、覚悟せい」

そこへ、石野が斬りかかる。

大上段に振りかぶるや、つるっと足を滑らせた。

地べたは血の池と化しており、石野は血まみれになる。

見物人は息を呑んだ。

横内は仰向けになり、胸を激しく上下させる。

白目を剥き、ぴくりとも動かなくなった。

「や、やった。やったぞ、おまつ」

石野は這いずり、おまつのそばへ近寄った。

「おまえさま、おまえさま……」

おまつは嗚咽を漏らし、見物人の涙を誘う。

体裁はどうあれ、ふたりは本懐を遂げたのだ。

見届人の長谷部重四郎が、夫婦の面前へやってきた。

「見事じゃ。望みがあれば、仕官の口利きをいたすが」

その申し出を断り、石野は怒ったように吐きすてた。

「消えてくれ。おぬしらの顔など、みとうもない」

明日からまた、いつもとかわらぬ貧乏暮らしがはじまる。

絵師はためしに、尋ねてみようとおもった。

石野よ、おぬしはまた、糸の切れた凧のように、女房のもとから逃げだすのか。

おそらく、性懲りもなく、また逃げだそうとするのであろう。

だが、肝心なときには帰ってくるにちがいない。

ひとつの不幸が出逢うはずのないふたりを結びつけ、ひとつの幸運がふたりの絆をより深いものにした。

そして、石野忠左衛門のまだ知らぬことがひとつある。

おまつの腹には、新しい生命が宿っていた。

ふたりは赤子の手も借りて、本懐を遂げたのだ。

絵師は、あり得ぬ光景を目に焼きつけた気分だった。

やがて、釣瓶落としの夕陽は沈み、境内に宵闇が訪れた。

今宵はどうやら、月を拝むことができそうだ。

二十三夜の願掛けに、祈るべきことはひとつしかない。

「赤子が無事に生まれますように」

野次馬の消えた暗がりに佇み、絵師は静かにうなだれた。

解説

細谷正充

文庫書き下ろし時代小説の人気作家には、物語の面白さは当然として、作品を量産する力も求められる。基本的にシリーズ物が多く、それを定期的に刊行することで、読者の気持ちをガッツリ摑むようにしなければならないからだ。理想はひとつのシリーズを年四冊。最低でも年二冊は欲しいところである。しかも人気が出ればシリーズ物がどんどん増えていく。次々と物語を生み出す創造力と、ひたすら書き続ける筆力が必要なのだ。それを長年にわたり実行している作家が、坂岡真である。

坂岡真は、一九六一年、新潟県に生まれる。早稲田大学卒。十一年間の会社員生活を経て、作家となった。文庫書き下ろし時代小説を中心に、「鬼役」「うぽっぽ同心十手綴り」「のうらく侍御用箱」など、多数のシリーズ物を発表。特に「鬼役」シリーズの人気は高く、橋本孤蔵によるコミカライズも時代コミック専門誌「乱ツインズ」で、長期連載されているのだ。一方で作者は、ポツポツと単行本も刊行しており、文庫とは違う世界を披露している。ちょっと書き出してみよう。

『冬の蟬　路傍に死す』二〇〇八年三月刊（文庫版『冬の蟬』）
『恋々彩々　歌川広重江戸近郊八景』二〇一〇年五月刊
『一分』二〇一九年六月刊
『絶局　本能寺異聞』二〇二〇年十一月刊（文庫版『本能寺異聞　信長と本因坊』）
『太閤暗殺　秀吉と本因坊』二〇二三年九月刊

二〇二五年現在、この五冊だけである。『冬の蟬　路傍に死す』は、シリーズ物では出来ない主人公の描き方をしている短篇集。『絶局　本能寺異聞』『太閤暗殺　秀吉と本因坊』は、囲碁名人の本因坊算砂（さんさ）を主人公にした戦国裏面史。『一分』は、時代青春小説。どれも文庫書き下ろし時代小説とは違った方向性の作品になっている。本書も同様だ。

本書『広重と女八景』は、「問題小説」二〇〇八年六月号から翌〇九年十月号にかけて、ほぼ二ヶ月に一回のペースで掲載。単行本は『恋々彩々　歌川広重江戸近郊八景』のタイトルで、二〇一〇年五月に徳間書店より刊行された。各話に共通して登場するのが、絵師の歌川広重だが、彼は主人公というより傍観者といった方がいいだろう。広重の出会う八人の女性こそが主役である。

冒頭の「吾嬬杜夜雨」は広重が、吾嬬杜の掛茶屋で、夜雨を待っているシーンから始まる。大盃堂呑桝という狂歌師とその連による注文で、「江戸近郊八景」を描くことになったからである。すでに「東海道五十三次」の名所絵で評判を取った広重だが、なかなか本心から描きたい絵には取り組めない。それだけに版元の喜鶴堂主人の喜兵衛が自由にやらせてくれる、この仕事に意欲を燃やしていた。

そんな広重の前に、さまざまな人が現れる。掛茶屋に駆け込んできた少女のおしゅんは、店の親爺の娘だ。たまたま広重は、表通りに店を構える伊勢屋を勘当された若旦那とおしゅんが、逢引をしている場面を目撃していた。親爺と娘の仲が険悪なのは、そこに理由があるらしい。続けて仙台から江戸見物にやってきた仲のよい老夫婦が掛茶屋を訪れる。さらに親爺と知り合いらしい、訳ありの女性もやって来た。思いもよらない騒動も含めて、男女や夫婦の愛情と、親子の絆を、広重は見つめている。読者も広重と一緒になって、さまざまな人間ドラマを堪能することになるのだ。

何らかの形でかかわることもあるが、基本的に広重は物語の中で傍観者の立場にいる。しかし彼の存在は絶対に必要である。なぜなら各話が広重の「江戸近郊八景」誕生秘話になっているからだ。ということで広重について、もう少し詳しく説明しておこう。

歌川広重の本名は安藤重右衛門(じゅうえもん)という。安藤家は江戸の定火消しであり、重右衛門も家督を継いだ。一方で、歌川豊広に絵を学び、歌川広重の名を与えられる。跡取りが元服すると、正式に家督を譲り絵師に専念。「東海道五十三次」の名所絵が人気を集め、以後、さまざまな名所絵を描いた。そのひとつが「江戸近郊八景」なのである。なお、広重の絵には鮮やかな青色が使われており〝ヒロシゲブルー〟と呼ばれる。これは当時ヨーロッパから輸入されたベロ藍という顔料を使用したものである。

話を本書に戻す。「小金井橋夕照」は、一流の料理屋で、大盃堂呑桝が主催の連に広重も参加。連には、江戸の名だたる商人たちが集まっていた。連に呼ばれた吉原の花魁は、過去の悲恋を披露させられる。だが広重は、その話は花魁の付き添いのおしちという年増女のエピソードではないかと思う。やはり花魁の話を疑い、どうにかして真実を聞き出してやろうという連の商人に不快感を覚えながら、広重はおしちのために奔走。なぜなら昔、彼の描いた絵が、少しだけとはいえその悲恋に関係していたからだ。

かつて別れざるを得なかった、おしちと恋人がどうなるのか。それは読んでのお楽しみ。奔走した広重は、結局傍観者のままだが、それが気にならないほど温かなラストが待っているのだ。いい話である。

そうそう、この第二話から地の文章で広重のことを、一貫して〝絵師〟と書いている。

るのであろう。

意図的なものといっていい。おそらくこれにより広重が傍観者であることを、強調してい
　以下、「羽根田落雁」「行徳帰帆」「飛鳥山暮雪」「芝浦晴嵐」「池上晩鐘」「玉川秋月」と続いていくが、すべてに触れる余地がないので、印象に残った話をピックアップしたい。まずは、「飛鳥山暮雪」だ。全山雪に覆われた飛鳥山と、白い衣を纏った強靭な桜木を描きたいと考え、雪山を登った広重。しかし黒猪に突かれ崖から転落してしまう。気がついた後は雪山を彷徨い、奇妙な小屋にたどり着く。おろくという女主人が仕切る小屋には、胡乱な男たちが集まっていた。限定された場所で繰り広げられる群像劇――いわゆる〝グランドホテル形式〟のストーリーである。しだいに明らかになる小屋の正体と、ダークな展開が面白いのだが、肝心のおろくの影が、いささか薄い。と思っていたらラストで、いきなり存在感を発揮する。作者の手腕を堪能できる一篇だ。
「池上晩鐘」も興趣のあるストーリーが楽しめるが、作者のファンならば、ヒロインのおふじが惚れている、町奉行所の定廻りの豊田新兵衛が気になるだろう。というのも新兵衛の設定に、「うぽっぽ同心十手綴り」シリーズの主人公・長尾勘兵衛を想起させるところがあるのだ。もちろん話の内容はまったく違うのだが、作者の発想力や、そこから物語をどう創っているのか窺うことができ、興味が尽きないのである。

そしてラストの「玉川秋月」は広重が、玉川で鵜飼を装って鮎の密漁をしている石野忠左衛門という浪人と遭遇。これが縁になり、忠左衛門夫婦を巡る騒動にかかわることになる。だらしのない忠左衛門と、生真面目なおまつという、デコボコ夫婦がユーモラス。物語の着地点も気持ちよかった。掉尾を飾るに相応しい作品である。なお、触れられなかった話も、どれも面白い。さまざまな恋の八景を、じっくりと味わってほしいのである。

おっと、綺麗にまとめてしまったが、後ふたつほど、書いておきたいことがある。ひとつは「江戸近郊八景」だ。各話のタイトルに、それぞれの絵のタイトルが入っている。単行本と同じく、この文庫版にも、それぞれの絵が添えられているのが嬉しい。それを見れば風景画の中に、常に人の姿があることに気づくはずだ。いうまでもなく各話は、「江戸近郊八景」が発想の原点になっている。しかしストーリーを知ってしまうと、絵の中の人に、登場人物の想いを託したくなるのだ。その意味で本書は、歌川広重と坂岡真のコラボレーションといっていい、なんとも贅沢な一冊なのだ。

もうひとつ注目したいのが、本書で何度か出てくる〝あり得ぬこと〟という言葉である。実は単行本では、この〝あり得ぬこと〟は、すべて〝奇蹟〟と表記されていた。ちなみに奇蹟を手元の辞書で引くと、「常識では考えられない神秘的な出来事」とある。〝あり得ぬこと〟も、同じ意味で使われていると感じられる。縁も、親子の絆も、当たり前にあるものではない。ちょっとしたことで失われることが、往々にしてあるのだ。それを確かなものにするのが、人の強い想いである。たとえば「小金井橋夕照」で、無意識のうちに傲慢な態度を見せる商人が理解することもできないであろう、おしちの一途な生き方。それにより現れた光景を作者は〝あり得ぬこと〟というのだ。そこに込められた作者の想いが、物語をより深いものにしているのである。

痛快な文庫書き下ろし時代小説のシリーズ物もいいが、本書を含む単行本作品で、坂岡真という作家の幅広さを知ってほしい。お馴染みの作家の、新たな世界と出会うことは、とても嬉しいことなのだから。

（ほそや・まさみつ　書評家）

本書は『恋々彩々　歌川広重江戸近郊八景』（二〇一一年八月　徳間文庫）を改題したものです。

中公文庫

広重と女八景

2025年4月25日　初版発行

著　者　坂　岡　真

発行者　安部順一

発行所　中央公論新社
〒100-8152　東京都千代田区大手町1-7-1
電話　販売 03-5299-1730　編集 03-5299-1890
URL https://www.chuko.co.jp/

DTP　ハンズ・ミケ
印　刷　DNP出版プロダクツ
製　本　DNP出版プロダクツ

Published by CHUOKORON-SHINSHA, INC.
Printed in Japan　ISBN978-4-12-207642-6 C1193

各書目の下段の数字はISBNコードです。978-4-12が省略してあります。

中公文庫既刊より

さ-86-1
うぽっぽ同心十手(じって)綴り 坂岡　真
〝うぽっぽ〟とよばれる臨時廻り同心の長尾勘兵衛は、人知れぬところで今日も江戸の無理難題を小粋に裁く。情けが身に沁みる「十手綴り」シリーズ第一作！
207272-5

さ-86-2
うぽっぽ同心十手綴り　恋文ながし 坂岡　真
野心はないが、矜恃はある。悪を許さぬ臨時廻り同心、長尾勘兵衛の粋な裁きが胸を打つ——。傑作捕物帳「十手綴り」シリーズ第二作！
207283-1

さ-86-3
うぽっぽ同心十手綴り　女殺し坂 坂岡　真
十手持ちには越えてはならぬ一線があり、覚悟を決めねばならぬ瞬間がある。正義を貫くため、長尾勘兵衛は巨悪に立ち向かう。「十手綴り」シリーズ第三作！
207297-8

さ-86-5
うぽっぽ同心十手綴り　凍(い)て雲(ぐも) 坂岡　真
「正義を貫くってのは難しいことよのう」生きざまに筋を通すため、この一件、決着をつけねばならぬ——。大好評「十手綴り」シリーズ第四作！
207430-9

さ-86-6
うぽっぽ同心十手綴り　藪(やぶ)雨(さめ) 坂岡　真
女だけで芝居を打つ一座に大惨事が……。たかが〝うぽっぽ〟と侮るなかれ、怒らせたら手が付けられぬ鬼と化す——。大波乱の「十手綴り」シリーズ第五作！
207439-2

さ-86-7
うぽっぽ同心十手綴り　病み蛍 坂岡　真
わるいが、おぬしを見逃すことはできぬ——。この世は理不尽なことばかりだが、江戸には〝うぽっぽ〟がいる！「十手綴り」シリーズ第六作。
207455-2

さ-86-8
うぽっぽ同心十手綴り　かじけ鳥 坂岡　真
男手ひとつで育てあげた愛娘が手許から去ってしまう。寂しさが募る雪の日、うぽっぽのもとを訪れたのは……。「十手綴り」シリーズ、悲喜交々の最終巻。
207466-8

さ-86-10
うぽっぽ同心十手裁き 蓑虫
坂岡 真
勘兵衛のもとに、二十年余り失踪していた恋女房の静が戻ってきた！ しかし記憶を失っており……。傑作捕物帳「十手裁き」シリーズ、堂々開幕！
207571-9

さ-86-11
うぽっぽ同心十手裁き まいまいつむろ
坂岡 真
長尾勘兵衛は初孫のために雛人形の初市へ向かった。そこで伝説の掏摸とよばれる男と出会し、改心させたのだが……。大好評「十手裁き」シリーズ第二作！
207581-8

さ-86-12
うぽっぽ同心十手裁き 狩り蜂
坂岡 真
石地蔵を抱き締めて涙を流す女が気になり、思わず声を掛けた勘兵衛。数日後、その女が勤めている料亭でほとけが出て……。「十手裁き」シリーズ第三作！
207590-0

さ-86-4
うぽっぽ同心終活指南（一）
坂岡 真
臨時廻りの勘兵衛は、還暦の今も〝うぽっぽ〟と呼ばれながら江戸市中を歩きまわっていた。傑作捕物帳シリーズ新章、待望の書き下ろし。〈解説〉細谷正充
207305-0

さ-86-9
うぽっぽ同心終活指南（二）夫婦小僧
坂岡 真
とんでもねえ連中の尻尾を摑んだ――。妙な伝言を残して姿を消した、義理堅い盗人の行方をうぽっぽが追う！ 待望のシリーズ新章第二作、文庫書き下ろし。
207483-5

さ-86-13
うぽっぽ同心終活指南（三）箍屋
坂岡 真
武家屋敷前で菜切り包丁片手に佇む棒手振の女は、雨に紛れて姿を消した……。還暦を迎えた〝うぽっぽ〟の「終活指南」シリーズ第三作、文庫書き下ろし。
207603-7

に-9-4
まぼろしの軍師 新田次郎歴史短篇選
新田次郎 細谷正充 編
山本勘助実在の謎にせまる表題作ほか、歴史短篇八篇に、単行本未収録のショートショート「トンボ突き」を付した傑作集。著者の多彩な文業を堪能できる一冊。
207248-0

ほ-24-1
史実は謎を呼ぶ 時代ミステリ傑作選
細谷正充 編
菊池寛から、風野真知雄、上田秀人まで。出世作、隠れた名作など、戦国から明治の実在の人物・史実に依拠した時代ミステリ全7篇を精選。文庫オリジナル。
207510-8

各書目の下段の数字はISBNコードです。978－4－12が省略してあります。

あ-59-4
一路（上）
浅田次郎
父の死により江戸から国元に帰参した小野寺一路は、参勤道中御供頭のお役目を仰せつかる。家伝の行軍録を唯一の手がかりに、いざ江戸見参の道中へ！
206100-2

あ-59-5
一路（下）
浅田次郎
蒔坂左京大夫一行の前に、中山道の難所、御家乗っ取りの企てなど難題が降りかかる。果たして、行列は期日通りに江戸へ到着できるのか——。〈解説〉檀　ふみ
206101-9

あ-59-9
流人道中記（上）
浅田次郎
「痛えからいやだ」と切腹を拒み、蝦夷へ流罪となった旗本・青山玄蕃。ろくでなしであるはずのこの男には、弱き者を決して見捨てぬ心意気があった。
207315-9

あ-59-10
流人道中記（下）
浅田次郎
奥州街道を北へと歩む流人・玄蕃と押送人・乙次郎。旅路の果てで語られる玄蕃の罪の真実。武士の鑑である男はなぜ、恥を晒してまで生きたのか？〈解説〉杏
207316-6

あ-59-7
新装版 お腹召しませ
浅田次郎
幕末期、変革の波に翻弄される武士の悲哀を描く傑作時代短編集。書き下ろしエッセイを特別収録。司馬遼太郎賞・中央公論文芸賞受賞作。〈解説〉橋本五郎
206916-9

い-143-2
幸村を討て
今村翔吾
真田家が大坂の陣に仕掛けた謎へ、天下人徳川家康が挑む。直木賞作家が家族をテーマに綴った、単行本時各紙誌絶賛の傑作歴史ミステリー。〈解説〉大矢博子
207579-5

い-138-9
天祐は信長にあり（一） 覇王誕生
岩室忍
『剣神』の岩室忍が描く織田信長の生涯——尾張に生まれた少年は軍略の才を花開かせ、百年続いた乱世を薙ぎ払う！　全八巻シリーズ。文庫書き下ろし。
207557-3

い-138-10
天祐は信長にあり（二） 桶狭間の戦い
岩室忍
尾張の虎・父信秀が死去、十九歳の信長が乱世に飛び出す時が来た。兵力で劣る戦いを知略でくぐり抜け、大敵今川義元との決戦に臨む！　文庫書き下ろし。
207578-8

い-138-11
天祐は信長にあり（三）天下布武
岩室忍
桶狭間の戦いで今川義元軍を撃破した信長は、すぐさま斎藤龍興が支配する美濃攻略に乗り出すが、なかなか攻め落とすことができない。文庫書き下ろし。
207600-6

い-138-12
天祐は信長にあり（四）四面楚歌
岩室忍
将軍足利義昭の工作により、信長包囲網が張り巡らされる。甲斐の龍・武田信玄と尾張の天才・織田信長の雌雄を決する戦いの行方は――。文庫書き下ろし。
207626-6

う-28-17
夢幻（上）
上田秀人
織田信長の死により危地に陥った家康は、今は亡き長男信康の不在を嘆くが……。英傑とその後継者の相克を描いた、哀切な戦国ドラマ第一部・徳川家康篇。
207387-6

う-28-18
夢幻（下）
上田秀人
織田信長の「天下」が夢でなくなり、徳川家康の価値は薄れつつあった。本能寺の変に至るまでの両家の因縁を綴った、骨太な戦国ドラマ第二部・織田信長篇。
207388-3

う-28-19
振り出し 旗本出世双六（一）
上田秀人
二百二十五石の小旗本で無役の北条志真佑は、西丸書院番に登用される。十一代将軍徳川家斉の世子・家慶の力にならんと張り切っていたが……。書き下ろし。
207480-4

さ-74-1
夢も定かに
澤田瞳子
翔べ、平城京のワーキングガール！ 聖武天皇の御世、後宮の同室に暮らす若子、笠女、春世の日常は恋と友情と政争に彩られ……。〈宮廷青春小説〉開幕！
206298-6

さ-74-2
落花
澤田瞳子
仁和寺僧・寛朝が東国で出会った、荒ぶる地の化身のようなもののふ。それはのちの謀反人・平将門だった。武士の世の胎動を描く傑作長篇！〈解説〉新井弘順
207153-7

さ-74-3
月人壮士（つきひとおとこ）
澤田瞳子
母への想いと、出自の葛藤に引き裂かれる帝――国のおおもとを揺るがす天皇家と藤原氏の綱引きを背景に、東大寺大仏を建立した聖武天皇の真実に迫る物語。
207296-1

各書目の下段の数字はISBNコードです。978－4－12が省略してあります。

す-25-33
江戸の雷神
鈴木英治
その勇猛さで「江戸の雷神」と呼ばれる火付盗賊改役の伊香雷蔵は、府内を騒がす辻斬り、押し込み、盗賊らを追うが……。痛快時代小説シリーズ開幕！
206658-8

す-25-35
江戸の雷神 敵意
鈴木英治
不首尾に終わった捕物の責を負わされ、火付盗賊改役を罷免された雷蔵。元盗賊「匠小僧」や訳ありの剣の達人・六右衛門らと動き出したが……。書き下ろし。
207140-7

す-25-36
江戸の雷神 死化粧
鈴木英治
深川で続けて四人の娘が惨殺された。その頃、前火盗改役の伊香雷蔵は、元盗賊・玄慈らの力を借り「よりよい江戸」をつくらんとしていたが……。書き下ろし。
207322-7

は-81-1
幕府密命弁財船(べざいせん)・疾渡丸(はやと)（一） 那珂湊 船出の刻
早川隆
水戸藩那珂湊で密かに造られる弁財船、疾渡丸。この船には商船のふりをして諸国を旅しながら、湊の平和を守る密命が下されていた——！ 文庫書き下ろし。
207551-1

は-81-2
幕府密命弁財船・疾渡丸（二） 鹿島灘 風の吹くまま
早川隆
幕命により天下の難所である犬吠埼を越える「江戸渡り」をすることになった疾渡丸。その先には国を揺るがす大事件が待ち受けていた！ 文庫書き下ろし。
207572-6

と-26-47
ちぎれ雲（一） 浮遊の剣
富樫倫太郎
女たちが群がる美丈夫・麗門愛之助。大身旗本の次男坊にして剣の達人の彼が対峙するのは、江戸中を震撼させる、冷酷無比な盗賊団！ 書き下ろし時代小説。
207497-2

と-26-48
ちぎれ雲（二） 女犯(にょぼん)の剣
富樫倫太郎
愛之助を執拗に狙い、江戸に現れた女盗賊・孔雀。艶やかにして、淫ら、そして冷酷。その目的とは⁉ そして煬帝一味も動き出し……。シリーズ第二弾。
207508-5

と-26-49
ちぎれ雲（三） 謀反の剣
富樫倫太郎
麗門愛之助が再び放蕩三昧の日々を送る最中、幕府転覆を画策する煬帝一味は、八代将軍・吉宗の暗殺計画をついに実行する！ 書き下ろしシリーズ第三弾！
207584-9